情　契　文　心

古詩文經典研讀

招祥麒　著

聯合電子出版有限公司

自序

中華文化源遠流長，無論物質文化、精神文化、制度文化都累積深厚，三者都是中華民族生生不息、團結奮進的不竭動力，可說是中華民族的「根」；而三者之中，都承載著中華民族的精神追求，體現了民族的世界觀、人生觀、價值觀、審美觀等，是中華民族區別於其他民族的重要標誌，我們稱之為「魂」，簡單而言之，就是一種中華美德。

今天，面對著中國文化復興的時代，我們談中國傳統文化，自然要突顯其優秀的一面。優秀的古詩文被稱作「經典」，是由於經歷史長河的洗禮仍能卓然自立，流傳久遠，其光輝耀目之處，或出於內容豐富、思想純正，或出於技巧高超、筆力千鈞，而最關鍵的，正是從文字的深層裡，揭示中華文化的道德底蘊。

古詩文誠然是「文化」的一部分，但對於學習者由基礎教育階段到大學、研究院，卻是最重要的部分。古代沒有錄音錄像，聖賢其所思所想的智慧，就只能通過寫成的詩文傳承下來。我們通過學習古詩文，語文能力包括閱讀理解、寫作技巧、口語表達等方面都得以提高，又在反覆誦讀吟詠的過程中，體悟詩文中所蘊含的思想深度和哲理啟示，有助於培養思維能力、想像力和創造力。我們還可在學習古詩文的過程中，了解大量中華民族傳統文化知識，有利於增強文化素養和民族的自豪感。

本書取名《情契文心——古詩文經典研讀》，收錄四十五篇文章，討論由先秦到清代的古詩文。我試圖以深入淺出的文字，以富現代情懷的筆觸，探究作者為文的用心。當中有泛論作家及其作品的，如王維、李白、杜甫、蘇軾等；有推介一書的，如《唐詩三百首》；有考證讀音的，如〈青玉案〉的「案」怎樣讀；而大多是賞析經典詩文，以意逆志，情契文心。而我最終的目的，是希望讀者能從古詩文中汲取養份，變化氣質。

在寫作和整理的過程中，我深感歷代詩文經典的藝術魅力和思想深度；這不僅是文學、文化上的瑰寶，更是精神上的食糧。它們讓我們領略到古人的風采，感受到他們的情感與智慧。同時，也讓我們在忙碌的現代生活中，找到一片寧靜的天地，讓心靈得到滋養與昇華。

閱讀古詩文，由「聲音證入」是非常重要的，聽老師範讀，到聽自己讀，聲入心通至口誦心惟，最好不過。因此，本書中重要的古詩文旁邊，都印有「二維碼」，讀者以手機掃描，便可聽到粵語及普通話朗誦，增強興味。粵語朗誦部分由我負責，普通話部分，我邀請葉諺芳及周華梅兩位女士獻藝，她們都是朗誦高手，相信讀者會有很大的得著。

本書得以出版和讀者見面，自然要感謝聯合電子出版有限公司董事兼總經理周晟先生的關懷，他對中華文化充滿熱情，推廣方法適時而多樣，實在令人感動。一年前我曾為他相關公司出版的《論語》、《孟子》、《莊子》、《大學．中庸》、《歷代美文選》擔任粵語播音：朗讀／朗誦，今年粵語正音推廣協會成立二十周年，出版《文言經典繪本故事．小玥玥夢遊經典國》，其中詩文經典的粵語和普通話朗誦錄音，也在他的協助下完成。此外，本書編輯徐平女士等的悉心任事，提點有加，也令人佩服。

感謝施仲謀教授、莫雲漢教授、劉衛林教授對本書的推介，三位都是文言經典的專家學者，不吝為文褒揚，實所感激。當然也特別要感謝內人的支持和忍耐。

最後，借此書之編撰，向所有熱愛詩詞散文戲曲、熱愛中華文化的人們致以崇高的敬意。願我們共同努力，將中華文化的瑰寶傳承下去，在新的時代煥發出新的光彩。

招祥麒　謹識

新高中十二篇指定文言經典的核心價值

教育局檢討新高中中國語文科的課程，接受眾多校長及前線教師的意見，推出十二篇指定文言經典。該十二篇指定文言經典由 2015 年 9 月始讓中四學生修習，並於 2018 年應考文憑試。

筆者對重設經典範文，並付諸公開評核，深表贊同，這不單能使中學生重視文言基礎能力的提高，其妙處將孕育滋養一代又一代的香港青年。任何作品之所以被稱為經典，經歷時代洗禮而卓然自立，流傳久遠，必然有其光輝耀目之處，或出於內容豐富、思想純正，或出於技巧高超、筆力千鈞，而最關鍵的，是從作品文字的深層裏，揭示中華文化的道德底蘊。

十二篇文言經典包括：《論語．論仁、論孝、論君子》、《孟子．魚我所欲也章》、《莊子．逍遙遊》（節錄）、《荀子．勸學篇》（節錄）、司馬遷（前 145？－？）〈廉頗藺相如列傳〉（節錄）、諸葛亮（181–234）〈出師表〉、韓愈（768–824）〈師說〉、柳宗元（773–819）〈始得西山宴遊記〉、范仲淹（989–1052）〈岳陽樓記〉、蘇洵（1009–1066）〈六國論〉、唐詩三首（王維（701？－761）〈山居秋暝〉、李白（701–762）〈月下獨酌〉、杜甫（712–770）〈登樓〉）及詞三首（蘇軾（1037–1101）〈念奴嬌．赤壁懷古〉、李清照（1084–1155）〈聲聲慢．秋情〉、辛棄疾（1140–1207）〈青玉案．元夕〉）。筆者覺得，若能將作品有機地加以組合，通過教與學相互促進的過程，足可融合成放諸四海而皆準的「核心價值」。

指定文言經典核心價值表

篇目	核心價值
〈論仁〉	仁者的表現和修養方法
〈論孝〉	孝順父母的態度和表現
〈論君子〉	個人修養與處事待人
《孟子 · 魚我所欲也章》	生死道義之間的取捨
《莊子 · 逍遙遊》(節錄)	無用大用，逍遙自得
《荀子 · 勸學篇》(節錄)	努力上進，學不可以已
司馬遷〈廉頗藺相如列傳〉(節錄)	朋友相交之義
諸葛亮〈出師表〉	忠君愛國，鞠躬盡瘁
韓愈〈師說〉	為師之義，為生之義
柳宗元〈始得西山宴遊記〉	遊山之樂與契合自然
范仲淹〈岳陽樓記〉	先天下之憂而憂，後天下之樂而樂的仁者襟懷
蘇洵〈六國論〉	鑑古知來
王維〈山居秋暝〉	有情於山水
李白〈月下獨酌〉	人在逆境時的孤獨排遣
杜甫〈登樓〉	忠君愛國之思
蘇軾〈念奴嬌 · 赤壁懷古〉	撫今追昔，對景興懷
李清照〈聲聲慢 · 秋情〉	夫妻愛慕與懷念
辛棄疾〈青玉案 · 元夕〉	追尋理想與孤芳自賞

當前教育重視生涯規劃。一個人由生到死，其正確的價值觀與行事方法決定了生命的意義。童蒙始識，其學也必先從孝敬父母開始，然後努力上進，冀成為一個有道德修養的君子。

朋友相交，師生相待，夫妻愛慕，忠君愛民，無非在仁者愛人的基礎上延伸與擴充。再由人及物，契合自然，有情於山水而至物我相忘的境界。要知生命有順有逆，人在富貴貧賤中依然可不失正道，造次如是，顛沛如是，有時，又可藉超世的道家精神安撫傷痛，渾忘得失；國家有興有衰，作為讀書人、真君子，先天下之憂而憂，後天下之樂而樂，以歷史為鑑，抉擇前路，至處於危難困厄之際，生死道義之間，甚而捨生取義，恪守真理。

人不能忘本。我們的本，是父母，是家庭，是國家，是大自然。你是中國人也好，是少數族裔也好，無有分別。只要細心研讀經典，自有無比得著。香港的年輕人好批判，喜歡有自己的主張。筆者覺得，真理可以討論，談如何實踐，但不容批判。行孝，是天經地義的事，我們可以談論如何做得更好，但不容討論應否行孝；做一個仁人君子，也是理所當然的事，我們可以談論如何做得更好，但不容討論應否要做仁人君子。推而廣之，我們對朋友要有信，對愛情須真摯，對國家要忠誠，對真理要堅守。民吾同胞，物吾與也。這不單是中國人的「核心價值」，也是人類共同的「核心價值」。總之，只要年輕學生接受老師的指導，虛心地從往聖前賢的文字中尋找瑰寶，必定獲得好處——上達者內省自強，超拔群倫；中等者陶鑄德性，立命安身；平庸者也能規矩做人，不致妄動。

小學建議篇章的價值

教育局為小學提供了四十篇古詩文名曰「建議篇章」，讓小學的語文老師按校情適當地配合課程，如融入原先的教學計畫，或另設古詩文專題等。每學年在原基礎上多教六至七篇，則全港學生在六年的小學語文課，至少多學四十篇古詩文。

我曾在小學教師的培訓課程中詢問出席者：作為語文教師，中華文化的傳承和推動者，我們想小學生在自己的教育和栽培下成為怎樣的人？同樣，我在此也問一問讀者，假如你是父母，你想子女成為怎樣的孩子？甚至，我更可以問，我們想香港年幼的新一代將成為怎樣的青年？

以下願望，不知讀者有否同感？

> 我願所有小學生：
>
> 在家庭方面，孝順父母，親愛親人，與兄弟姊妹團結。
>
> 在交友方面，能真摯地對待朋友，珍惜友誼。
>
> 在學業與做事方面，能專心致志，認真學習，今日事今日做，不半途而廢，不作僥倖之想，從工作中感悟所得的樂趣，不畏艱難，知所奮發，不斷自我革新，努力向上。
>
> 在成長過程中，保持童真童趣，觀察力強，熱愛生活，熱愛大自然；以修身為本，儉樸為根，培養高尚情操，不因循，能變通，並能體悟他人的勞苦，愛人及物。

要願望成真，最理想是通過教育的薰陶。那麼，四十篇建議篇章就是最好的材料了，因為每一篇的文字深層裏，都揭示中華文化的道德底蘊。試看下表：

建議篇章	可供學習的品德情意與文學文化
1.《韓非子・守株待兔》	凡事須努力，不能存有僥倖而成功的心態
2. 韓嬰〈孟母戒子〉	做事不能半途而廢
3. 佚名〈江南〉(樂府詩)	從工作中感悟所得的樂趣
4. 曹植〈七步詩〉	兄弟相親的重要
5. 駱賓王〈詠鵝〉	童真童趣的可愛
6. 賀知章〈回鄉偶書〉	對回鄉生活的懷戀
7. 王之渙〈登鸛鵲樓〉	要看得更遠，便須努力攀登
8. 孟浩然〈春曉〉	聞風雨而惜落花，惜物而具愛心
9. 王維〈九月九日憶山東兄弟〉	居異地而思念親人
10. 李白〈靜夜思〉	懷念家鄉
11. 白居易〈賦得古原草送別〉	頑強的生命力，雖遇艱難而重生
12. 孟郊〈遊子吟〉	知母愛的偉大，感恩望報
13. 李紳〈憫農〉(其二)	尊重農民，愛惜米糧
14. 杜秋娘〈金縷衣〉	珍惜青春，及時努力
15. 杜牧〈清明〉	哀悼親友
16. 羅隱〈蜂〉	對勞動者的欣賞與同情
17. 楊萬里〈小池〉	熱愛大自然
18. 王安石〈元日〉	以新替舊
19. 唐寅〈畫雞〉	託物言志
20. 鄭燮〈詠雪〉 (以上小一至小三)	觀察入微
21.《論語》四則	認真的學習態度與方法
22.《孟子・二子學弈》	專心致志的重要

23.《韓非子・鄭人買履》	因循守舊，不思變通，將一事無成
24.《戰國策・鷸蚌相爭》	兩相爭鬥而俱傷，使第三者從中得利
25. 魏收〈折箭〉	團結就是力量
26. 王翰〈涼州詞〉	為國犧牲，勇者無懼
27. 王昌齡〈出塞〉	緬懷名將的愛國情懷
28. 王維〈送元二使安西〉	惜別友人，情真意切
29. 李白〈早發白帝城〉	回家的喜悅
30. 杜甫〈客至〉	待客情誼，賓主共樂
31. 杜甫〈絕句〉(兩個黃鸝鳴翠柳)	觀察細微，描摹有法
32. 張繼〈楓橋夜泊〉	旅客懷愁，借景抒情
33. 柳宗元〈江雪〉	不畏嚴寒，孤獨傲岸的精神
34. 杜牧〈山行〉	熱愛生活，積極豪爽
35. 王安石〈泊船瓜州〉	人在路途，思念家園
36. 蘇軾〈題西林壁〉	認識事物，忌以偏概全
37. 楊萬里〈曉出淨慈寺送林子方〉	眷戀友情，狀物以寄
38. 于謙〈石灰吟〉	託物言志，高尚情操
39. 錢福〈明日歌〉	今日事，今日做
40. 朱柏廬〈朱子家訓〉 (以上小四至小六)	修身為尚，儉樸為本

請好好利用以上教材，作有機和有系統組合，讓年幼的小學生口誦心惟，汲取最好的養份健康茁壯地成長！

目錄

來自《詩經》的歲月靜好

2023 年伊始，新冠疫情陰霾漸散，社會有序地回復正軌，一切有向好之勢。值此癸卯兔年，心生歲月靜好之美意，願現世安穩。

「歲月靜好，現世安穩」，是 1944 年胡蘭成（1906–1981）給張愛玲（1920–1995）婚書上寫的說話。這一句話，是動蕩時局中對平靜安穩生活的嚮往，對新婚生活美好的祝福，使當日上海灘最紅的女作家感到「低到塵埃裏去」卻歡喜的「在那裏開出一朵花來」。

「歲月靜好」典出《詩經．鄭風．女曰雞鳴》，詩云：

> 女曰雞鳴，士曰昧旦。子興視夜，明星有爛。將翱將翔，弋鳧與雁。
>
> 弋言加之，與子宜之。宜言飲酒，與子偕老。琴瑟在御，莫不靜好。
>
> 知子之來之，雜佩以贈之。知子之順之，雜佩以問之。知子之好之，雜佩以報之。

全詩三章，每章六句，描寫了一對青年男女和睦融洽的新婚生活。在雞鳴天未明之時，夫婦在床邊對話，妻子溫言勸丈夫出外狩獵；丈夫射下了野鴨和大雁，妻子烹調成佳餚，夫婦喝著酒，相約與子偕老，彈著琴，奏著瑟，和諧又美好；妻子贈送佩飾來報答丈夫的體貼和關懷。

這首詩娓娓展示了一個溫馨的生活場面，體現了《詩經》緊貼現實，語言純樸，不尚雕琢而渾然天成的文學特色，帶有強烈的民生氣息和濃郁的鄉土情調，是淳樸生命和自然情感的真摯流露。

《詩經》中不乏這種動人的愛情詩，光是《國風》部分就有六十多首這類作品。雖為數不少，但風格各異，恍如百花競放，各各呈現出動人的風姿。如：

「投我以木瓜，報之以瓊琚。匪報也，永以為好也。」
——（《衛風．木瓜》）

是少男少女熱烈的愛慕，像泉水一樣晶瑩剔透。

「野有蔓草，零露瀼瀼。有美一人，婉如清揚。」
——（《鄭風．野有蔓草》）

是山林草野，不期而遇的邂逅。

「求之不得，寤寐思服，悠哉悠哉，輾轉反側。」
——（《周南．關雎》）

是單戀難眠的痛苦。

「風雨如晦，雞鳴不已。既見君子，云胡不喜。」
——（《鄭風．風雨》）

是相逢的快樂。

「綢繆束薪，三星在天。今夕何夕，見此良人？」

——(《唐風．綢繆》)

是新婚燕爾的熱鬧。

這些幸福而美滿的生活，是人們的追求，也是美好的願景，由二千五百年前的《詩經》為我們保留下來，傳誦至今。直至現在，真摯的愛情和甜美的感受依然是創作的動力，歌頌「歲月靜好」的熱情始終未褪。

我不奢望天荒地老只要有你的歲月靜好

清晨一個人去慢跑

黃昏賴著你睡著

雖然這個世界很吵你像防護罩將我圍繞

是由劉若英(1969-)唱出對歲月靜好的願望。

容易的戀愛不失它的吸引

你令歲月恬靜美好

足夠我感恩

是來自張敬軒(1981-)的歌詞，感恩「你令歲月恬靜美好」。

我怕折腰你怕窮

彼此怎可折衷

唯願歲月靜好

是謝安琪(1977-)〈獨家村〉的心聲，「唯願歲月靜好」。

綿延二千多年的詩句一直在傳誦，這一份緣自《詩經》的浪漫情懷，從西周到現代，從黃河流域到香江，一闕一闕雋永的詩歌，緩緩詠出對美好生活的渴求，對恬靜和諧的傾慕。郊外狩獵也好，都市喧鬧也好，悠悠歲月淘不盡心中的歌，依然是心生愛意的期盼，依然是安穩日子的祝禱。無論古今，不分畛域，藉此新春之際，許下一個亙古不變的良好願望，祝願2023年：「歲月靜好！」

《詩經》中的年味

癸卯兔年新春期間，社會上呈現出久違的熱鬧氣氛與喜洋洋的送舊迎新景象，不禁想起《詩經》中關於新年的記載。《詩經》保存著先民的思想情感，儼然是中國上古社會人文精神的凝聚與昇華，其中蘊藏著中華文明的基因，孕育了中國人的傳統文化，而一些風俗習慣更深入民心，綿延千載，恒久不變。

「年」，許慎（約 30– 約 124）《說文解字》的解釋是「穀孰也」，即指禾穀成熟，農事告終之時。人們舉行慶典，祝賀豐收，慰藉一年以來的辛勞，是為新年的緣起。

上古時代，中國人對於「年」的認知是與農作物的生長緊密相聯的。春播、夏種、秋收、冬藏，四季更替、星河流轉，終而復始，時令律動呈現了自然的節奏。《詩經》中所體現的時間觀是日復一日、年復一年的循環往復，「始」與「終」是交疊重合的。新年是在舊歲緊張勞動之後短暫的休養生息，為了來年的忙碌積累能量。

《詩經》作為上古社會的百科全書，其中《國風・豳風・七月》一詩反映西周早期農村一年四季農民的勞動和生活，又記載了當時一些節令風俗。我們且透過此詩，看看古人怎樣過年？

一、準備新衣：

「七月流火，九月授衣。一之日觱發，二之日栗烈，無衣無褐，何以卒歲？」

意思是：「七月裏大火星向西移，九月裏分工製作寒衣。十一月北風呼嘯，十二月寒風凜烈。沒有好衣沒粗衣，怎樣度過這一年？」可見，為過年準備新衣是流傳已久的習俗。

二、打掃居室：

「穹窒熏鼠，塞向墐戶。嗟我婦子，曰為改歲，入此室處。」

意思是：「堵死窟窿熏老鼠，塞住北窗，把門縫用泥糊上。可憐我的妻子和孩子，眼看要過年了，進來這房子居住。」可見，自古以來，打掃和修繕居室是迎接新年最重要的工作。

三、釀酒祝福：

「八月剝棗，十月獲稻。為此春酒，以介眉壽。」

意思是：「八月裏打棗，十月裏割稻，用來釀成春熟的美酒，喝完以助延年益壽。」可見，新年不可無酒。經過一年的辛勞和繁忙，用豐收的稻穀釀成美酒暢飲，慶賀新年，祝福長壽，充滿迎接新歲的歡欣喜悅。

四、祭祀祈福：

「朋酒斯饗，曰殺羔羊。躋彼公堂，稱彼兕觥，萬壽無疆。」

意思是：「抬出兩大罈酒來敬賓客，宰殺羔羊，一起來到廟堂，舉起那大酒杯，互祝萬壽無彊。」可見，送舊迎新的儀式中少不了宰羊備酒，祭祀神靈、祖先，彼此歡聚一堂，舉杯祝賀，吉語共酬，長壽安康。

迎新歲，添新衣，掃居室，晚宴暢飲，祈福祭祀，互相祝福，千百年來，是中國人歷久不衰的傳統。時至今日，人們依然按照這些風俗，紅紅火火地為新年作各種準備。《詩經》是中華文明精神的源頭，這些古老而淳樸的年俗，體現了先民純真而積極的人生態度，他們的真誠與樂觀，勤勞與感恩，經三千年歷史跨度而影響至今，吟誦著這些真摯敦厚的詩篇，令我們的血液中流淌著詩意的美好，性靈內蘊涵著和樂歡快的底色。大同小異的過年場景和習俗，已經成為了中華民族共同的文化表徵，而所謂的「年味」，就是中國人一年以來最大的儀式感。

《詩經》中的春意

獻歲發春，四時流轉，詩人倘佯於大自然間，情動於中而形於言，詩歌所由生也。《詩經》作為中國詩歌第一本總集，高視翰苑，後世詩歌無論是對現實的真切描述，抑或感物興懷，以「比興」為依託，實無出《詩經》之右。

下文試以《詩經》中的春色為例，略說其中的物候審美，如何發源濫觴，影響後代：

「桃之夭夭，灼灼其華。之子于歸，宜其室家。」

——(《周南・桃夭》)

大意是：「茂盛桃樹嫩枝芽，開着鮮豔粉紅花。這位姑娘要出嫁，定能使家庭和順。」描寫春光明媚，桃花盛放的時候，與即將出嫁的新娘互相映襯。

「燕燕于飛，差池其羽。之子于歸，遠送於野。瞻望弗及，泣涕如雨。」

——(《邶風・燕燕》)

大意是：「燕子飛翔天上，參差舒展翅膀。這位姑娘今日遠嫁，相送郊野路旁。瞻望不見人影，淚流紛如雨降。」這是以飛燕比喻春日送嫁的不捨。

「桑之未落，其葉沃若。于嗟鳩兮！無食桑葚。于嗟女兮！無與士耽。士之耽兮，猶可說也。女之耽兮，不可說也。」

——(《衛風·氓》)

大意是：「桑樹還沒落葉的時候，它的葉子新鮮潤澤。唉，斑鳩啊，不要貪吃桑葚！唉，姑娘呀，不要沉溺於男子的愛情中。男子沉溺愛情，還可以脫身。姑娘沉溺愛情，就無法擺脫了。」這是以春天的桑葉為喻，勸喻姑娘的慎重。

「野有蔓草，零露漙兮。有美一人，清揚婉兮。邂逅相遇，適我願兮。」

——(《鄭風·溱洧》)

大意是：「郊野蔓草青青，綴滿露珠晶瑩。有位美麗姑娘，眉目流盼傳情。有緣今日相遇，令我一見傾心。」這是寫春天郊野的早晨，青年男女浪漫的邂逅。

「菁菁者莪，在彼中阿。既見君子，樂且有儀。」

——(《小雅·南有嘉魚之什》)

大意是：「莪蒿生得真繁茂，叢叢長在山坡裏。今見的那位君子，和樂而有禮儀。」這是以春天的樹木比喻心儀的男子。

《詩經》中的春色，用花木禽鳥比興人們的各種感情，既有美好的期盼，又顯敦厚的內心，是女子對良緣的思慕，也是男子對佳偶的傾心。延至後世，成為中國詩歌的浪漫基因。

桃花之灼、唐棣之美、燕子之翩、桑葉之潤、蔓草之青、莪蒿之茂，這些都是春天目之所及的美景，而這種以描寫風物寄託深情厚意的方法，對詩詞創作影響巨大，隨之衍生出很多曼妙的句子，試舉一些後世描寫春色的名句，如歐陽修（1007–1072）〈玉樓春〉：

> 尊前擬把歸期說，欲語春容先慘咽。人生自是有情癡，此恨不關風與月。
>
> 離歌且莫翻新闋，一曲能教腸寸結。直須看盡洛城花，始共春風容易別。

這首詞寫出春風嫵媚的嬌容，人生的多情，辭別春風的無憾。又如納蘭性德（1655–1685）〈鞦韆索．淥水亭春望〉：

> 藥闌攜手銷魂侶。爭不記看承人處。除向東風訴此情，奈竟日春青語。
>
> 悠揚撲盡風前絮。又百五韶光難住。滿地梨花似去年。卻多了廉纖雨。

這樣寫盡春天的離愁悲惋，教人低迴不已。又如聞一多（1899–1946）〈春光〉：

> 春光從一張張的綠葉上爬過。
> 驀地一道陽光晃過我的眼前，
> 我眼睛裏飛出了萬支的金箭，
> 我耳邊又謠傳着翅膀的摩聲，
> 彷彿有一羣天使在空中邏巡……

即使在白話詩中，春光也是無限的綺麗。

感物興懷的寫作手法是由《詩經》啟導，將時令引入詩歌中，表達了作者感時傷事的心情，也令讀者產生深深的共鳴，透過物候的意象，抒發隱晦的感情，成為了中國詩詞別具一格的傳統，文人墨客紛紛如影隨形，一代又一代的大文豪妙手偶得，佳句天成，造就了一篇篇時令佳作，而其中，關於春天的頌歌最為豐碩，錦繡春色飄蕩在詩詞的長廊中，低吟淺唱，往復迴還，漾出了春之美、春之思、春之情。

趁此時春光明媚，微風不燥，嫩柳依依，桃花灼灼，也許未能親歷「暮春三月，江南草長，雜花生樹，群鶯亂飛」之景，亦可細閱詩詞中的頌春名句，在文學中品味春之氣息，來一趟文字中的賞春之旅，感受「滿園春色關不住」的欣喜。

筆曲情婉：《詩經‧陟岵》賞析

我國第一部好詩的總集，原稱《詩》，又稱《詩三百》，收錄從西周初至春秋中葉約五百年間共三百一十一首詩（其中六首僅存篇目）。《詩》在西漢時候被奉為儒家經典，開始叫做《詩經》。

《詩經》的內容分風、雅、頌三個部分。風，即國風，地方樂歌，包括周南、召南、邶、鄘、衛、王、鄭、齊、魏、唐、秦、陳、檜、曹、豳十五國風，共一百六十首。雅，包括大雅、小雅，是宮廷樂歌，共一百零五首。頌，包括周頌、魯頌、商頌，共四十首，是廟堂祭祀頌德的舞樂。

〈陟岵〉，是《國風‧魏風》七首詩中的第四首。詩前有幾句話，叫〈詩序〉，交待了詩的主旨和寫作背景：「〈陟岵〉，孝子行役，思念父母也。國迫而數侵削，役乎大國，父母兄弟離散，而作是詩也。」意思就是說，一個孝子在行役的時候，想念起父母。由於魏國細小，處於幾個大國之間，經常受到壓迫侵略，又被大國所差遣。詩人被徵召服役，與父母兄弟離散，有感而作這首詩。

陟彼岵兮，瞻望父兮。父曰：「嗟！予子行役，夙夜無已。上慎旃哉，猶來無止！」

陟彼屺兮，瞻望母兮。母曰：「嗟！予季行役，夙夜無寐。上慎旃哉，猶來無棄！」

《詩經．陟岵》

陟彼岡兮，瞻望兄兮。兄曰：「嗟！予弟行役，夙夜必偕。上慎旃哉，猶來無死！」

全首詩共分三章，每章的結構相同，當中只換了幾個字。這種叫做「重章疊句」式的手法，在《詩經》是常見的。

詩的首章頭兩句：「陟彼岵兮，瞻望父兮」，寫征人登上草木繁茂的高山，向老父所在的故鄉眺望。征人的心情是沉重的，離鄉日久，有家歸不得，想起在家時父親的教誨。忽然間，彷彿聽到父親的聲音：「嗟！予子行役，夙夜無已。上慎旃哉，猶來無止！」征人的父親一聲嗟嘆，充滿掛念兒子之情，他理解兒子在遠方服役，早晚操勞沒法好好休息；但國家既有需要，也就無話可說，只有寄語兒子保重身體，並盼望早些回家，不要在戰場滯留！詩人沒有寫父親的個性，但父親的愛子之情，在他的說話中已充份表現出來。

詩的第二章，「陟彼屺兮，瞻望母兮」，征人攀上草木不生的高山，向母親所在的故鄉眺望。這時，征人的心更加沉重了，想起母親往日對自己的關懷愛惜，忽然間，彷彿聽到母親的聲音：「嗟！予季行役，夙夜無寐。上慎旃哉，猶來無棄！」母親因記掛小兒子而嗟嘆，心疼他在遠方服役，早晚辛勞沒法好好睡覺，希望他小心保重身體，盼望早些回家，不要將娘親棄下！本章寫征人想念的人物，由父親轉到母親，母親的說話，也都是征人自己想像的，但從他想像母親的語調中，讀者應該可以感受母子之情是多麼親厚。

詩的最後一章，「陟彼岡兮，瞻望兄兮」，征人登上高低起伏的山崗，向長兄所在的故鄉眺望。詩人想到兄弟同心，在故鄉互敬互愛的情境。忽然間，彷彿聽到長兄的聲音：「嗟！予弟行役，夙夜必偕。上慎旃哉，猶來無死！」長兄嘆息小弟在遠方服役，勸勉他早晚必定與部伍偕行，不要離隊，小心保重身體，並盼望早些回家，不要戰死沙場！詩中沒有交待長兄為甚麼不需服役，也許是由於父母俱年老，兩兄弟只被選一人，也許是長兄服役而歸，小弟又接著出發。長兄了解部伍偕行的重要，既是軍紀，也是安全所繫。「猶來無死」四字，感情直率而無所隱，也道盡征人服役在外，客死異鄉的悲哀。

通篇三章，迴環往復。詩中不直接敘述征人思歸，而專寫家人對己的思念掛牽。這種從對方設筆，以家人思念自己來寫自己思念家人，以不言自己的思念表達出極為思念的手法，大大增強了藝術效果。詩中明寫老父、老母以及長兄對征人困頓境遇的同情和焦慮，暗中訴說服役在外、日夜奔波的異常勞苦，字裏行間委婉地流露征人厭戰，極想回家的愁懷怨氣，這可謂欲隱而顯，欲淡而濃，直可撼動讀者的心魄。加上章法的複沓回環，倍增本詩的沉鬱淒切，讀起來，不自覺地產生一種憂傷難遣的情懷。清代方玉潤（1811–1883）《詩經原始》評本詩：「筆以曲而愈達，情以婉而愈深。」當我們一讀再讀三讀這首詩，便會愈加感受詩人的情致了。

情景相融：《詩經・蒹葭》賞析

《詩經》十五國風的《秦風》，收錄了十首作品，大都是東周時代陝西關中到甘肅東南部一帶的民歌。秦地僻處西陲，與戎、狄雜居，環境促使秦人崇尚勇武的特質。因此，《秦風》的詩，多反映秦地勇武好鬥、粗獷質樸的民風。可是其中〈蒹葭〉一詩卻透發淒婉纏綿、超逸瀟灑的情致而別具特色，清代方玉潤（1811–1883）《詩經原始》評說：「此詩在《秦風》中，氣味絕不相類。以好戰樂鬥之邦，忽遇高超遠舉之作，可謂鶴立雞群，翛然自異者矣。」

關於〈蒹葭〉的內容，眾說紛紜，有說是諷刺秦襄公的，有說是渴求賢人的，近代學者多說是一首情歌。筆者認為，說是一首情歌，是從民歌的角度切入，這未必真能直尋詩人的原意，但卻能避免「穿鑿附會」之譏。

> 蒹葭蒼蒼，白露為霜。所謂伊人，在水一方，溯洄從之，道阻且長。溯游從之，宛在水中央。
>
> 蒹葭萋萋，白露未晞。所謂伊人，在水之湄。溯洄從之，道阻且躋。溯游從之，宛在水中坻。

《詩經・蒹葭》

粵語音頻

普通話音頻

蒹葭采采，白露未已。所謂伊人，在水之涘。溯洄從之，道阻且右。溯游從之，宛在水中沚。

詩篇的第一章，開頭以寫景起興：「蒹葭蒼蒼，白露為霜。」兩句點明時間、地點和景物；在深秋的破曉時分，晚間凝結的霜露依然，眼前盡是青蒼的蘆葦。詩人在此氛圍與色調下，懷念在遠水一方的意中人。「所謂伊人，在水一方」，詩人沒有正面描寫所懷之人的形象和風度，只寫二人相距遙遠，給讀者留下想像的空間。詩人對意中人的企慕，隨之化為行動上的追求，「溯洄從之，道阻且長。溯游從之，宛在水中央」，詩人沿河逆流而上，道路難行，崎嶇而漫長，又順流而下。意中人彷彿在水中的一方，若隱若現，若有若無，可望而不可即。而詩人眼前最真切的，就只有蒹葭蒼蒼，秋水茫茫！空靈的秋思與惆悵茫然的懷想，互為激蕩，構成獨特而感人的意境。

第二章承接首章，換了幾個字。「蒹葭萋萋，白露未晞」，「萋萋」，茂盛貌；「晞」，曬乾的意思。地點、景物不變，時間上稍稍遞進。詩一開始時，詩人只看到白露成霜，此刻太陽也許出來了，熱力融化霜露，但露水仍停留在蘆葦葉上。「所謂伊人，在水之湄」，「湄」，水和草交接處，指岸邊；詩人想像「伊人」原在水的遠方，此刻在「水之湄」。詩人要尋找「伊人」，「溯洄從之，道阻且躋。溯游從之，宛在水中坻」，「道路且躋」的「躋」，升也，這裏因協韻，讀作「基」。詩人逆流而上，由於道路險阻，地勢漸高而陡（躋），找不到；又再順流而下，「伊人」彷彿在遠方水中高地（坻），若隱若現，若有若無，可望而不可及。

進入第三章，詩人又換了幾個字。「蒹葭采采，白露未已」，「采采」，（因協韻，讀作「始始」），也是茂盛的樣子；

「已」，止，這裏作「乾」解。詩人看到茂盛的蘆葦，時間上儘管推移了一些，可是葉上的露水仍未全乾。詩人接著寫：「所謂伊人，在水之涘。」「涘」（音嗣，因協韻，讀上聲「似」），指水邊。詩人的意中人在水的另一邊。詩人努力尋找，「溯洄從之，道阻且右。溯游從之，宛在水中沚」，逆流而上，道路是曲折迂迴的。「右」（因協韻，讀作「以」），鄭玄（127–200）解釋：「右者，言其迂迴也。」順流而下，意中人彷彿在遠方的水中洲（沚）上，若隱若現，若有若無，可望而不可得。

前人曾評論讀完詩的第一章，興味已足，接下只是餘音而已。但讀者的情感，卻在這「餘音」縈繞中，引起接二連三的共鳴。

詩中的「伊人」形象，其樣貌和服飾詩人沒有交待，只通過蒹葭露白、秋水澄明的景致映襯出來，又通過上下求索的執著烘托出來。最終，詩人因阻隔而見不到「伊人」，讀者便不能循著詩人找到「伊人」後而一窺究竟。「伊人」的美，就只能從想像中產生。但由於「伊人」的存在，使詩人獲得了前行的勇氣和堅守的動力，在孤獨中找到了最有價值的依附和寄託。於是在水一方的「伊人」，便使詩人的精神得到寄託，心靈得以安慰，而生命也得到了升華，釋放出最大的魅力與價值，為人們留下了一種朦朧美感的詩意和熱切的愛戀。

總言之，〈蒹葭〉這首詩，寫景則色彩明麗，抒情則委婉曲折，通過對特定情境和時空條件下客觀景物的描寫，達到了情景交融，互起襯托，以至於產生渾然不可分的藝術境界。

《論語》論仁四章

「仁」字在《論語》中出現109次，在孔子（前551－前479）的思想體系中佔有極重要的位置。本文從《論語》二十篇中選出其中四章，讓我們略略窺見孔子對「仁」的看法。

第一章：

> 子曰：「不仁者，不可以久處約，不可以長處樂。仁者安仁，知者利仁。」
>
> ——（〈里仁〉第四）

「子」，是對孔子的尊稱。孔子希望人能夠保存本來就在其心中的「仁」，而不受外在環境影響。孔子指出：不仁之人，假如處於貧賤窮困的時候，或許在短時間內還能忍受，時間一久，便把持不住，做出苟且放蕩偷盜等行為；又如處於富貴安樂的生活，短時間內還可矯飾自持，時間一久，必然流於放縱，驕奢淫逸。

孔子接著說：「仁者」能夠「安仁」，而「知者」只能「利仁」。所謂安仁，是指在實踐仁德上，無所為而為，是先天上有一種不容自已的心，而非受任何他力引誘、推動的。所謂「利仁」，是指能利用環境的協助，以便於行仁。例如「里仁為美。擇不處仁，焉得知？」原來選擇居所是要選擇附近有仁者的地方，不然，就不算「知」了。知者為甚麼這樣做呢？就是希望

粵語音頻

普通話音頻

親近仁者，以利自己實踐仁德時帶來幫助。

第二章：

> 子曰：「富與貴，是人之所欲也；不以其道得之，不處也。貧與賤，是人之所惡也；不以其道得之，不去也。君子去仁，惡乎成名？君子無終食之間違仁，造次必於是，顛沛必於是。」
>
> ——（〈里仁〉第四）

這章書是孔子談及君子行仁的情況。這裏的「君子」，是指有道德修養的人。對於「富有、尊貴」和「貧困、低賤」，前者無人不希冀，後者無人不厭惡，君子也一樣。然而，君子對於不以正當方法而獲取的富貴，是不會接受的；對於以不正當方法而脫離的貧賤，是不會離去的。君子一旦離開了仁德，又怎能成為「君子」之名呢？君子連一頓飯的時間都不違離仁德，緊迫的時候一定這樣做，困頓的時候也一定這樣做。

「惡」字在上文兩出，前者音烏去聲（wu3）；後者平讀，音烏（wu1）。「不以其道得之，不去也」和「君子去仁」的「去」，王夫之（1619–1692）《四書箋解》云：「『去』字止如字讀，與下『違』字意同，俗塾師圈破作上聲者不通。」細味文意，王氏所說甚是。「不去也」的「去」和「君子去仁」的「去」，皆讀「離去」的「去」（heoi3）。

第三章：

> 顏淵問仁。子曰:「克己復禮為仁。一日克己復禮，天下歸仁焉。為仁由己，而由人乎哉？」顏淵曰:「請問其目。」子曰:「非禮勿視，非禮勿聽，非禮勿言，非禮勿動。」顏淵曰:「回雖不敏，請事斯語矣。」
>
> ——(〈顏淵〉第十二)

顏回(前 521– 前 481)，字子淵，是孔子七十二門徒之首，以他的聰慧，不可能不理解「仁」的意思。他其實是向孔子問到仁的本體，以便在生活中實踐。孔子回應「克己復禮」就是仁。人有五官百體，每一個器官都有自己的欲望，如果不加節制，後果嚴重。「克己」，就是要戰勝這種「私欲」，使自己的生活完全與「禮」(天理)相合。

當我們一旦能「克己復禮」，天下皆被納入於自己仁德之內，即是渾然與物同體，即是仁自身的全體呈露。「天下歸仁」，是人在自己生命之內所開闢出的內在世界。而人之所以能開闢出此一內在世界，是因為在人的生命之中，本來就已具備。所以孔子接著便說：實踐仁完全由自己決定，而非由他人使然的。

顏子追問實踐仁的細目，孔子即提出由最根本的「視」、「聽」、「言」、「動」開始：不合禮的不要看，不合禮的不要聽，不合禮的不要說，不合禮的不要動。顏子聽後，表示自己雖然不夠聰敏，對孔子的說話自當努力去做。

第四章：

> 子曰：「志士仁人，無求生以害仁，有殺身以成仁。」
> ——（〈衛靈公〉第十五）

孔子說的「志士仁人」的「志士」，是指能夠堅守道義的人。這類人當義理與生命不可兩全的時候，斷不肯苟且偷生以損害自己的仁德，寧可捨棄生命也要保存「仁」。我們不妨將這章書與《孟子．魚我所欲也章》對讀，自有更深的體會。

讀完以上的四章書，應可大略理解孔子對「仁」的看法：1. 仁者不論是居於貧窮，或是處於快樂，都能長久持守，而不會迷失本心；2. 仁者在富貴、貧賤、取捨之間，以至於終食、造次、顛沛的時刻，不論何時何地，都不會違離「仁道」；3. 仁者不會因為求生而害仁，甚至能夠殺生成仁。而修養仁德的方法，仁者會克制個人的私欲，遵從天理，務使在視、聽、言、動四方面皆合於禮。

《論語》論孝四章

本文自《論語》選出四章書，探討孔子（前 551– 前 479）對「孝」的看法。

第一章：

> 孟懿子問孝。子曰：「無違。」樊遲御，子告之曰：「孟孫問孝於我，我對曰，無違。」樊遲曰：「何謂也？」子曰：「生事之以禮；死葬之以禮，祭之以禮。」
>
> ——（〈為政〉第二）

本章旨在說明「孝」必以「禮」為本。孟懿子（？–前 481），即魯大夫仲孫何忌，他的父親孟僖子（？–前 518）臨終時，要求他拜孔子為師。因此，孟懿子與孔子的關係，亦師亦友。某一天，他向孔子詢問甚麼是孝的問題，孔子以「無違」二字回應。孟懿子聽罷孔子的說話後沒有追問。

孔子不久出門，剛好由少於孔子三十六歲的樊遲（前 515–？；「樊」，《廣韻》附袁切，音「凡」（ faan4 ））負責駕車。孔

粵語音頻

普通話音頻

《論語》論孝四章

子知道他與孟懿子有往來，欲借其口轉告孟懿子，希望孟懿子明白「無違」的真義。孔子告訴樊遲：「孟孫問孝於我，我對曰，無違。」孟孫，就是指何忌。樊遲不同於孟懿子，有疑必問：「何謂（無違）也？」孔子回答說：「生事之以禮；死葬之以禮，祭之以禮。」孔子強調對於父母「生」、「死」，「祭」都離不開一個「禮」字。孟懿子是從政的人士，大孝事君，如果沒有禮，恐怕做就不少僭越篡奪的行為，孔子提出以禮作為標準論孝，其實是有深意的。

第二章：

> 子游問孝。子曰：「今之孝者，是謂能養。至於犬馬，皆能有養；不敬，何以別乎！」
>
> ——（〈為政〉第二）

本章旨在說明為人子者，當以敬親為孝。孔子的弟子子游（前 506- 前 443），姓言名偃，一次向孔子詢問行孝的問題。孔子回應指當今所謂孝順，就是能供養父母就行了，但是家裏的狗和馬，一樣受到飼養；供養父母如果心中不存敬意，那與養育狗、馬有甚麼分別？這章書出現兩次「養」字，前一個「養」字，解「供養」，指對父母的飲食供奉。陸德明（約 550-630）《經典釋文》音「羊尚反」，陽去聲，音「讓」（joeng6）。後一個「養」字，育也，針對犬和馬來說的，《廣韻》餘兩切，音「氧」（joeng5）。

第三章：

> 子曰：「事父母幾諫，見志不從，又敬不違，勞而不怨。」
>
> ——（〈里仁〉第四）

本章旨在說明孝子勸諫父母之道。「幾」，微也，《集韻》居希切，音「機」(gei1)。「幾諫」，微言奉勸，即下氣怡色柔聲以勸諫。另一說法，「幾」，指初見端倪，孝子與父母相處，父母有過失，當初露端倪時即予勸諫。「見志不從」，亦有兩說，一指孝子微諫之志，父母不受規勸；一指父母之志，不肯聽從。「又敬不違，勞而不怨」，父母暫不聽從孝子勸諫，孝子當更敬愛父母，不違初心(或指不違父母)，雖操心甚勞，「勞」，憂也，憂心自己的誠意未能感動父母，絕不有一絲毫怨懟之心。

第四章：

> 子曰：「父母之年，不可不知也。一則以喜，一則以懼。」
>
> ——(〈里仁〉第四)

本章旨在教人時刻關心父母的健康，及時盡孝。「父母之年，不可不知也。」「知」，這裏指記憶。父母的年齡，不可不記得。為甚麼吧？因為「一則以喜，一則以懼。」一方面為父母能享高壽而感到歡喜，一方面為父母日漸衰老而感到憂懼。能夠如此，則孝子侍奉父母，自然能處處關顧，不敢有任何閃失。

總結所講四章書的內容，我們對「孝」的觀念應該清晰了。

侍奉父母，態度上要心懷敬重；表現上要不違於禮，父母在生時、過世時、喪葬時，都應以「禮」作衡量的標準。我們對父母生活細節，必關愛有加；父母萬一有過，須微言規勸，不忘恭敬，雖憂而不怨。

《論語》論君子八章

西周以來，「君子」和「小人」是表示社會上、政治上的階級分別，而孔子（前 551– 前 479）卻將此轉化為品德上的分別，使得「君子」可由一個人的努力而決定，成為每個「小人」努力向上的標誌。本篇自《論語》選出八章書，讓我們認識一下孔子對「君子」的看法。

第一章：

> 子曰：「君子不重則不威；學則不固。主忠信。無友不如己者。過則勿憚改。」
>
> ——（〈學而〉第一）

君子要敦重、厚重，否則便沒有威嚴。「學則不固」有兩種說法：一說「固」是「蔽固」，連上文，指君子如果不厚重，就沒有威嚴，但通過學習，就不會蔽固了；二說「固」是「堅固」，連上文，指君子不厚重，就沒有威嚴，如此，所學習而得的，都不堅實。君子以忠信為主，不以不如己者為友；有過失，不可稍存畏難之心，馬上改過。

《論語》論君子八章

粵語音頻

普通話音頻

第二章：

> 子曰：「君子坦蕩蕩，小人長戚戚。」
>
> ——（〈述而〉第七）

孔子以君子、小人對比，說明兩者心貌的不同。我們要分出哪些人是君子，哪些人是小人？往內，要看其心術；往外，要觀其氣象。君子循著天理而行，心中無所掛累，生活上隨遇而安，不愧不怍，自然寬舒自得，所以說「坦蕩蕩」。小人則心存僥倖，長被私欲影響，自然患得患失，心神不寧，陷入思慮愁苦的境地，所以說「長戚戚」。

第三章：

> 司馬牛問君子。子曰：「君子不憂不懼。」曰：「不憂不懼，斯謂之君子矣乎？」子曰：「內省不疚，夫何憂何懼？」
>
> ——（〈顏淵〉第十二）

司馬牛（？－前481？）是孔子弟子，其兄長桓魋（生卒年不詳）是宋國的大司馬，有意謀害宋景公（？－前469？）。司馬牛知道後，不知如何是好。這次他問孔子怎樣算是君子，孔子以「君子不憂不懼」回應。司馬牛心有疑惑而追問。孔子可能也聽聞司馬牛的處境，便藉機勸勉和鼓勵。君子經過自我反省，無一絲的疚病足以連累己心，縱然發生意外的事，又何憂懼之有？

第四章：

> 子曰：「君子成人之美，不成人之惡。小人反是。」
>
> ——（〈顏淵〉第十二）

孔子在此說明君子和小人用心的不同。君子處世，見他人之美則施以誘掖獎勸，務使其人之美更進一步；至於見人之惡，則以規勸，務使其惡遏止消失。小人則與君子相反，見人之美則妒忌，見人之惡，則迎合包容。

第五章：

> 子曰：「君子恥其言而過其行。」
>
> ——（〈憲問〉第十四）

孔子以君子言過其行為恥辱，勉人言行相副。說話出於口，易放難收，所以君子必慎言；行動做事，重在實踐，稍有怠惰，便難成功，所以君子務求敏行。說到做到，自然最理想；說到而做不到，此君子引以為恥！

第六章：

> 子曰：「君子義以為質，禮以行之，孫以出之，信以成之。君子哉！」
>
> ——（〈衛靈公〉第十五）

孔子強調君子以義為做事的本質。至於如何將「義」實踐出來，孔子提出三點：以禮去行義，以謙遜表現義，以誠信成就義。能夠以「禮」、「孫」、「信」三者來發揚「義」的本質，才是真正的君子！

第七章：

> 子曰：「君子病無能焉，不病人之不己知也。」
>
> ——（〈衛靈公〉第十五）

孔子指君子所憂慮的，是自己沒有能力，不會憂慮其他人不知道自己的能力。君子有自知之明，倘若自己有能力而一般人不知，賢德的人會知，就算賢德的人一時不知，後世自然會知，所以有能而無人知，對君子而言，是不以為患的。

第八章：

> 子曰：「君子求諸己，小人求諸人。」
>
> ——（〈衛靈公〉第十五）

這章書論君子、小人的人品。「求」，這裏訓為「責」。君子凡事反省，有過必先自責而後改，小人則凡事推卸責任，有事則諉過於人。

總言之，孔子論君子的說話，可從三方面了解君子的表現和修養：在處事方面，君子會莊重認真，知錯能改，言行一致；在待人方面，君子會結交良友，樂成人之美，出言謙遜，表現誠實；在內心方面，君子會坦蕩舒泰，不憂不懼，堅守禮義，並時加反省，嚴以律己。

《論語》中追求卓越、精益求精的名章

香港自教改以來，特別在學校自評和外評的推動下，中小學校都在「管理與組織」、「學與教」、「校風及學生支援」、「學生表現」四方面努力，在你追我趕的情況下，校務的各個層面，已非有做和沒做的問題，而是如何追求卓越、精益求精。《論語》有兩章書談到這個問題，很有啟發，值得介紹。

> 子貢曰：「貧而無諂，富而無驕，何如？」子曰：「可也；未若貧而樂，富而好禮者也。」子貢曰：「《詩》云：『如切如磋，如琢如磨』，其斯之謂歟？」子曰：「賜也，始可與言《詩》已矣，告諸往而知來者。」
>
> ——（〈學而〉）
>
> 子夏問曰：「巧笑倩兮，美目盼兮，素以為絢兮。」何謂也？子曰：「繪事後素。」曰：「禮後乎？」子曰：「起予者商也！始可與言《詩》已矣。」
>
> ——（〈八佾〉）

《論語》中追求卓越、精益求精的名章

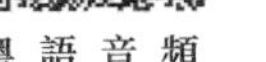

粵語音頻

普通話音頻

子貢（前 520- 前 456）是孔子（前 551- 前 479）的學生，貨殖營商，由貧而轉富，過程中堅守正道，自覺得意，也許想藉發問希望老師給予肯定和讚賞。他問孔子：一個人窮而有格，不向權貴諂媚奉承；又或富貴而不驕橫，怎麼樣？孔子回答說，這樣的人已不錯了，但不及貧而樂道，富而謙遜好禮。按宋儒朱熹（1130-1200）的解釋，孔子是「許其所已能而勉其所未至也」。孔子因材施教，對子貢的為人欣賞，但希望他能精益求益，故加勸勉。子貢接收的能力強，馬上聯想到《詩・衛風・淇奧》「如切如磋，如琢如磨」兩句，朱熹注云：「言治骨角者，既切之而復磋之；治玉石者，既琢之而復磨之，治之已精，而益求其精也。」做人、治物，同一道理，都應追求更美更善。

子夏（前 507-？）同樣是孔子的學生，在另一場合，他詢問孔子「巧笑倩兮，美目盼兮，素以為絢兮」幾句詩的意義。「巧笑倩兮，美目盼兮」，見於《詩・衛風・碩人》第二章，「素以為絢兮」，不在其內，漢儒馬融（79-166）以為是此章的逸句，朱熹則認為是另一首今已逸的詩。三句詩的大意是：微笑的面頰多美好動人，美麗的眼睛黑白分明，潔白的底子上繪上色彩。孔子答以「繪事後素。」「繪事」，即繪畫之事，「素」，即粉底。漢儒鄭玄（127-200）以為施采在先，施素在後；朱熹則以為是施素在先，施采在後，兩說孰優這裏不暇細說。但三句話都有共通的特點，就是追求更好、更美。子夏單從孔子就第三句詩的回應，已能舉一反三，且提出「禮後乎（禮是否居於美質之後）」之問。子夏的領悟可能連孔子也沒想過，所以盛讚子夏，說子夏的說話啟發了他。

子貢從人的德行而聯想到詩，子夏則從詩的領悟想到禮居於質之後。從學生言，由疑而問，思而辨，用今天的語言來說，真能掌握通識多角度思維的技巧了。至於孔子的答問，大叩大鳴，小叩小鳴，因材施教，因勢利導，「傳道、授業、解惑」兼而有之，就更值得為師者效法。前人謂讀《論語》讀得一章便得一章，讀得一句便得一句，信焉。

《論語》開篇首句：「學而時習之，不亦說乎？」古代「學」的涵義較現代廣，包括「學知識」和「學做人」，能將所學的知識和做人的道理，一有機會，便努力實踐，這自然是快樂的事。孔門師生的答問，如果讓今天的學生和教師，從中獲得啟發，提升智慧，通而識之，並在生活中實踐，精益求精，就不單是個人之樂，抑且是大眾之樂、社會之樂了！

《古詩十九首 · 行行重行行》
發揚溫柔敦厚的詩教

《古詩十九首》是漢代無名氏文人所寫的一組五言詩，不是由一個人所作，也不是一時間的作品。內容大多寫夫妻、朋友間的離愁別緒和讀書人仕途失意的感慨悲哀，在一定程度上反映了社會的動蕩不安，其中也有人生無常的感嘆和宣揚及時行樂的思想。在藝術上，《古詩十九首》情真意切，語言樸素自然，言近旨遠，語短情長，代表了當時文人五言詩的最高成就。

〈行行重行行〉為《古詩十九首》的第一首，一說是「逐臣之辭」，一說是「棄婦之詩」。從詩的內容看，無疑是棄婦自言的說話，如果以詩中的「思婦」比喻「賢臣」，思婦遭到拋棄，比喻賢臣被放逐，本無不可。詩句中的喻意，讀者類通後參詳，亦不難理解。以下是以棄婦詩的角度作賞析。

行行重行行，與君生別離。相去萬餘里，各在天一涯。
道路阻且長，會面安可知。胡馬依北風，越鳥巢南枝。
相去日已遠，衣帶日已緩。浮雲蔽白日，遊子不顧返。
思君令人老，歲月忽已晚。棄捐勿復道，努力加餐飯。

粵語音頻

普通話音頻

行行重行行

古詩的押韻比較自由，既可押平聲韻，也可押仄聲韻，可以一韻到底，也可中途轉韻。一般而言，情隨韻轉，意逐情生，換韻處同時即感情內蘊的轉捩、變換處，多可以用來把握全篇的脈絡層次。〈行行重行行〉整首詩共十六句，可分兩解：前八句押平聲韻（離、涯、知、枝）為第一解；後八句轉押仄聲韻（遠、緩、返、晚、飯）為第二解。

先說第一解前八句，寫棄婦追述與丈夫離別的情狀。首句「行行重行行」，表示「行而不止」，愈走愈遠的意思。婦人與丈夫空間的相距愈大，自然生出「生別離」的感慨。「生別離」，是用了《楚辭．九歌．少司命》「悲莫悲兮生別離」的語意，所以「生別離」，是暗示「悲莫悲」的。「生」與「死」相對而言，「死別」之痛，強而短，「生別」之痛，久而傷。「相去萬餘里」，呼應首句，既行而不止，結果兩夫妻竟至相隔萬餘里，各在天的一方。「涯」，《廣韻》入五支部，魚羈切，音「宜」。夫婦分離，各處天的一方，由於路阻且長，於是發出「會面安可知」的感歎。「胡馬依北風，越鳥巢南枝」兩句以比興手法寫出，綜合前人分析，意義有三：一是緊承「各在天一涯」，表明夫妻相隔，北者自北，南者自南，永無相見之期；二是表明「胡馬」、「越鳥」等都有所依託，暗示丈夫是自己唯一的依託；三指「胡馬」依戀「北風」而不思南，「越鳥」「巢南枝」而不思北，物猶如此，則丈夫自應「不忘本」、要「同類相親」，及早歸來。

第二解是後八句，申訴現在相思之苦。思婦盼望丈夫及早歸來，可是丈夫卻遲遲未見返。「相去日已遠」是寫時間的久遠，與第一解的「各在天一涯」的空間距離，恰恰相對，距離既遠，時間亦久，自然加重婦人的思念和哀怨，結果她的「衣帶日已緩」；「緩」，指寬鬆，婦人的苦處，是在漫長日子的「漸」而消瘦的。為甚麼丈夫這麼久還不回來？「浮雲蔽白日，遊子不顧返」，「遊子」，指離鄉在外求學或仕宦的人，這裏指婦人的丈夫。「白日」以喻「丈夫」，「浮雲」則比喻圍繞丈夫身邊的人，蒙蔽他，影響他，而這，便是丈夫「不顧返」的原因。究竟在棄婦的丈夫身邊的人是誰，詩中沒有交待，是「豬朋狗友」，抑或是「新歡」？詩人讓讀者自己揣摩了。「思君令人老」，呼應「衣帶日已緩」，這裏的「老」字，是心境上的「老」，而非年齡，指消瘦的體貌和憂傷的心情。「歲月忽已晚」，指一年將盡，或指歲月如流，年華已逝，婦人的青春經不起歲月的消磨，更何況憂傷相隨。這裏的「忽」字，帶出苦處的「頓」，與前面「日已緩」的「漸」相對，讀之令人陡然驚心。「棄捐勿復道」，歷來有兩種說法，一是指「既然已被丈夫拋棄，也就不必再說了」，一是指「(上面所說的話) 都丟開，不再說了」。「努力加餐飯」，也有兩種說法，一說是「自己保重，努力加餐」，另一說是「希望丈夫保重，努力加餐」。張玉穀 (清人，生卒年不詳)《古詩十九首賞析》說：「不恨己之棄捐，惟願彼之強飯。」棄婦對自己被丈夫拋棄不產生怨恨之情，反而希望對方努力加餐，從《古詩十九首》繼承《國風》傳統「溫柔敦厚」的特色而言，張氏的說法，雖是一家之言，似可取信。

〈行行重行行〉一詩雖是寫個人別離之情，棄捐之苦，但從中反映東漢時代政治動蕩不安的情況，無數人面對生離死別的社會現實。詩以「情真、景真、事真、意真」為特色，以最單純樸素的語言，通過一些意思相近的復沓句子，反覆地加深情感的表達。在直敘鋪陳賦寫之間，又加入「比興」手法，意在言外，逗人深思。而最可貴的，整首詩怨而不怒，保存忠厚之意，發揚《詩經》溫柔敦厚「詩教」的精神，足以善化心靈，優化中華民族的特質。

曹操〈短歌行〉情悲而壯

中國詩歌發展的歷程上，由漢代五言詩興起以後，像《詩經》的四言詩已少人學習，就算有所製作，多是質木無文，可讀性不高。像曹操（155–220）的四言詩，算是異軍突起了。

曹操，字孟德，是東漢末年著名的軍事家、政治家。二十歲舉孝廉為郎，後任兗州牧，逐步打敗北方的勢力，並挾持獻帝（劉協，181–234）以發號施令。建安十三年（208）成為丞相，同年赤壁戰中受到挫敗，形成與劉備（161–223）、孫權（182–252）鼎足天下的局面。雖然還致力於統一全國，但至死也未能實現。

〈短歌行〉是漢樂府的舊題，原是樂曲的名稱。原始的〈短歌行〉樂曲的歌辭，已經失傳了，現在所能見到最早的〈短歌行〉，就只有曹操利用此舊題擬作的兩首，以下是第一首：

> 對酒當歌，人生幾何！譬如朝露，去日苦多。慨當以慷，憂思難忘。何以解憂？唯有杜康。青青子衿，悠悠我心。但為君故，沉吟至今。呦呦鹿鳴，食野之苹。我有嘉賓，鼓瑟吹笙。明明如月，何時可掇？憂從中

短歌行

粵 語 音 頻

普通話音頻

> 來，不可斷絕。越陌度阡，枉用相存。契闊談宴，心念舊恩。月明星稀，烏鵲南飛。繞樹三匝，何枝可依？山不厭高，海不厭深。周公吐哺，天下歸心。

全詩三十二句，分為八章，每章四句。大家從韻腳的轉換已可分別出來。從內容上分析，每兩章一解，分作四解。

第一解前八句，寫功業未成的苦悶。宴會中，曹操表示對著美酒，應當放歌；原因是人生苦短如「朝露」，乃不期然產生「去日苦多」之嘆。「去日苦多」，意味著年紀漸老、來日不多了，可是曹操的理想未竟全功，即使是慷慨高歌也無法排遣心中的憂思，那只好借酒澆愁了。「唯有杜康」的「杜康」是人名，相傳是古代最早釀造酒的人，所以後世以「杜康」來借代「酒」。

接著的八句是第二解，寫思慕賢才。「青青」兩句，引用《詩經．鄭風．子衿》的句子，而〈子衿〉詩跟著的兩句是「縱我不往，子寧不嗣音？」曹操說「青青子衿，悠悠我心」，固然是表達對「賢才」的思慕，但其實隱含了「縱我不往，子寧不嗣音」的意思，因為曹操求才，事實上不可能逐一尋找，所以，他便用這種含蓄的方法向賢才呼籲：「就算我沒有去找你們，你們為什麼不主動來投靠呢？」可是，曹操思慕的賢才不曾來，他只有發出「但為君故，沉吟至今」之嘆了。「呦呦」四句，全用《詩經．小雅．鹿鳴》成句。〈鹿鳴〉，《毛詩．序》說是「燕群臣嘉賓也」，可見〈鹿鳴〉有可能是周文王（姬昌，前 1125- 前 1056）以燕禮饗群臣時所奏的樂章，曹操暗以周文王自比，視賢才為自己的嘉賓，一旦賢才來歸，也必賓主投契，歡樂無窮。

「明明如月」至「心念舊恩」八句是第三解，寫賢才難得。「明明如月」，曹操運用比興的手法，將人才喻為天上的明月，

「何時可掇」，什麼時候才能把明月摘取下來，意即在甚麼時候可以將賢才延攬過來。明月既不可摘，即賢才也未能延攬，於是「憂從中來，不可斷絕」。「越陌」四句，寫曹操的想象和期待：穿過田間交錯的小路，遠方的賓客屈駕前來問候。久別重逢，談心宴飲，賓主都傾訴著往時的思念。「契闊」，多理解為偏義複詞，其義為「契」。

最後八句為第四解，揭示本詩的主旨。「月明」兩句，曹操以「烏鵲」比喻賢才，「南飛」，指由於中原大亂，大量賢才南遷。「繞樹」兩句，是對賢才的呼喚，南飛的烏鵲繞樹多遍而找不到可依靠的樹枝棲息，曹操暗示「我枝可依」的意思。他呼喚賢才趕快來歸：高山不嫌棄寸土才會越堆越高，大海不拒細流才能日見深廣。他像周公（姬旦，？－前 1105）一樣禮賢下士，希望天下的賢士都來投奔。「周公吐哺」出自《史記·魯周公世家》，據說周公為了接納賢才，曾「一沐三捉髮，一飯三吐哺，起以待士，猶恐失天下之賢人。」曹操運用這個典故，目的在突顯求賢若渴的心情。

總言之，曹操〈短歌行〉這首詩慨歎時光易逝，渴望招納賢才，幫助自己建功立業，可視為一首求賢歌，精神上與他的「求才三令」，如出一轍。

在寫作手法上，〈短歌行〉四字一句，讀來琅琅上口，立意深遠，情悲而壯，加上善用比興，使情與景融合無間，而用典貼切，令詩意含而不蓄，耐人尋味。無怪乎很多文學家、小說家將〈短歌行〉演繹加工，推波助瀾，使其成為千古以來家傳戶曉的作品。

王粲〈七哀詩〉沉痛悲涼

戰亂——不分中外古今，都帶給老百姓無比的苦難。我們崇尚和平，但總有一些人、一些國家因私下的利益而挑起禍端，令人髮指。本文介紹王粲 (177–217) 的〈七哀詩〉，讓人反思戰亂造成的死亡之悲與流離之痛。

王粲，字仲宣，山陽高平（今山東鄒縣西南）人。東漢初平元年（190）春，獻帝（劉協，181–234）被董卓（？–192）挾持由洛陽遷都長安，三年（192），司徒王允（137–192）刺殺董卓。董卓部將李傕（？–198）、郭汜（？–197）等乘機作亂，率兵攻陷長安，縱兵掠殺，吏民死者萬餘人。王粲避難遠走荊州，將途中的所見所感，寫成本詩。

> 西京亂無象，豺虎方遘患。復棄中國去，委身適荊蠻。親戚對我悲，朋友相追攀。出門無所見，白骨蔽平原。路有饑婦人，抱子棄草間。顧聞號泣聲，揮涕獨不還。「未知身死處，何能兩相完？」驅馬棄之去，不忍聽此言。南登霸陵岸，回首望長安。悟彼下泉人，喟然傷心肝！

粵語音頻

普通話音頻

七哀詩

全詩分三解，首六句為第一解，寫離開長安遠赴荊州的情狀。「西京亂無象」，「西京」，指長安，「亂無象」，語出《左傳》「國亂無象」，意謂「亂」到了極點；「豺虎方遘患」說明原因。「豺虎」，用以比喻李傕、郭汜等人。他們圍攻長安，殺人無數。「復棄中國去，委身適荊蠻」，交代避難的去向。「復棄」的「復」，反映作者不忍的複雜情感，他於初平元年（190）從洛陽遷長安，此時又從長安遠去荊州；一個「復」字包含了兩次因動亂的流離。「中國」，原指全國之地，借指中原地區。作者要忍棄現有的居住地，「委身」（寄身）前往荊州，由於荊州文化相對中原落後，所以以「荊蠻」稱之。作者是相對幸運的，至少他還有避難的盤川，他的親友沒有錢或其他原因，只能作為送別者。「對我悲」與「相追攀」那種依依之情，飽含對當時動亂情景與親戚朋友身處險境的憂慮和悲哀。

詩的第二解由「出門無所見」以下八句，寫路上的所見所聞。「出門無所見，白骨蔽平原」，戰亂中城廓荒頹、百業蕭條、人民流離，都應是觸目所能看見的，但作者卻說「無所見」，而他看見的，是令人怵目驚心的白骨蔽野。這兩句已有很大的迫力，而更令讀者透不過氣的，是「路有饑婦人，抱子棄草間」，那位饑餓的婦人將在抱的嬰孩拋棄在草叢間；「顧聞號泣聲，揮涕獨不還」，「顧聞」，說明婦人拋棄嬰孩之後的猶疑和不忍，離開時頻頻回顧。這時，嬰孩感到母親離開，大聲號泣。古往今來，太多的例子可以證明母愛的偉大，母親寧願身死，也要保護子女周全。然而，作者看到的那位婦人，竟是「揮涕獨不還」，不錯，婦人是哀傷的，否則她不會「揮涕」，但她沒有回去，只自言自語地說：「未知身死處，何能兩相完？」母親在逃難的路上拋下嬰孩，不在大宅門口，而在草叢間，放在大宅門口的嬰孩還有被有錢人收養的一線生機，放在野外的草叢間，或則餓死，或則被災民烹食，或則被野獸噉食。嬰孩的結果都是一樣的。那婦人是應該知道的，但她卻在求生的本能下拋下孩子。人情中最難割捨的慈母棄子竟就在作者眼前發生，那麼，在死亡相繼的戰亂中，尚有甚麼慘酷的事情不會發生？作者將這典型的例子寫下，控訴戰亂帶給百姓的苦難是如斯深重！

詩的最後六句是第三解。「驅馬棄之去，不忍聽此言」承上起下，作者不忍再聽下去，於是驅馬離去。「南登霸陵岸，回首望長安」，寫作者登上霸陵的高處，回過頭，遠望即將離別的長安。他可能在想，此一去，可能再無回來之日。霸陵，是西漢初期漢文帝劉恆（前 202– 前 157）的陵墓，文帝在位期間，與民休息，使國家走向繁榮昌盛。作者站在霸陵高處，回望長安，必有一種撫今追昔之情，面對現實的亂局，追思文帝的盛世。作者會想，葬在九泉之下的文帝，如果見到現在國家兵荒馬亂、人民流亡的情景，必定會喟然傷心的。當然，文帝已死，已無所謂「喟然傷心肝」了，而真正傷心的，是作者本人。「悟彼下泉人」的「下泉人」，也可解為寫〈下泉〉詩的詩人。〈下泉〉，是《詩經．曹風》的篇名，《毛詩．序》云：「〈下泉〉，思治也，曹人……思明王賢伯也。」如此，王粲登臨霸陵高處興感抒懷，感悟〈下泉〉詩人的思治心情，想到文帝，想到獻帝，能不喟然心傷？

總言之，〈七哀詩〉語言樸實，感情深厚，沉痛悲涼，虛處概括有力，實處形象鮮明，具有強大的感染力。整首詩，意味深長，含情婉曲，耐人咀嚼。我每讀〈七哀詩〉，想到世間疾苦，都情動不已，甚且眼泛淚光，久久不能平伏。

藝術成就特高的曹植〈贈白馬王彪並序〉

曹植（192–232）是東漢末建安時代最具代表的作家，他是曹操（155–220）與武宣皇后卞氏（161–230）所生的第三子，曹丕（187–226）的同母弟。曹操原有意立他為太子，引起曹丕的嫉妒，對他多方構陷中傷而終致失寵。曹丕即位後，他屢受迫害，幾次被貶爵移封，最後在困頓苦悶中死去，年僅四十一歲。

〈贈白馬王彪〉一詩作於黃初四年（223）。根據詩前的序，這年五月，曹植和白馬王曹彪（195–251）、任城王曹彰（189–223）同到洛陽朝會。六月，曹彰得急病暴死。七月初，曹植和曹彪回封地，本來打算同路而行，但是朝廷派出監國使者強迫他們分道。曹植悲憤不已，便寫了這首詩贈給曹彪。

謁帝承明廬，逝將歸舊疆。清晨發皇邑，日夕過首陽。
伊洛廣且深，欲濟川無梁。泛舟越洪濤，怨彼東路長。
顧瞻戀城闕，引領情內傷。

太谷何寥廓，山樹鬱蒼蒼。霖雨泥我塗，流潦浩縱橫。
中逵絕無軌，改轍登高岡。修坂造雲日，我馬玄以黃。

贈白馬王彪並序

粵語音頻

普通話音頻

玄黃猶能進，我思鬱以紆。鬱紆將何念？親愛在離居。本圖相與偕，中更不克俱。鴟梟鳴衡軛，豺狼當路衢。蒼蠅間白黑，讒巧令親疏。欲還絕無蹊，攬轡止踟躕。

踟躕亦何留？相思無終極。秋風發微涼，寒蟬鳴我側。原野何蕭條，白日忽西匿。歸鳥赴喬林，翩翩厲羽翼。孤獸走索羣，銜草不遑食。感物傷我懷，撫心長太息。

太息將何為？天命與我違。奈何念同生，一往形不歸。孤魂翔故域，靈柩寄京師。存者忽復過，亡歿身自衰。人生處一世，去若朝露晞。年在桑榆間，影響不能追。自顧非金石，咄唶令心悲。

心悲動我神，棄置莫復陳。丈夫志四海，萬里猶比鄰。恩愛苟不虧，在遠分日親。何必同衾幬，然後展殷勤。憂思成疾疢，無乃兒女仁！倉卒骨肉情，能不懷苦辛。

苦辛何慮思？天命信可疑。虛無求列仙，松子久吾欺。變故在斯須，百年誰能持？離別永無會，執手將何時？王其愛玉體，俱享黃髮期。收淚即長路，援筆從此辭。

全詩共分七章，第一章寫離別京都依戀之情。開頭一句帶過返回封地的原因是到洛陽謁見皇帝，然後交代自己清晨離開皇都，日落時經過首陽山的旅程，而重點放在面對伊水和洛水的情景描寫上。該年六月因霖雨而導致伊洛泛濫，水大難渡，沒有橋樑，這是寫實，但也暗寓比興，聯繫下文「泛舟越洪濤」來看，可知「欲濟川無梁」暗喻自己想歸於朝廷，可是此時與朝廷之間的聯繫斷絕，因而生發「怨彼東路長」之感。詩人此去越走越遠，引頸回望之時，心中無限傷情。這裏表達的戀闕之情，離開皇都越遠，就意味着在政治上有所作為的希望越是渺茫。

第二章寫中途遇雨，流潦縱橫的景況。太谷空茫遼闊，山林鬱鬱蒼蒼。秋天霖雨連綿，道路泥濘不堪，到處流水縱橫。大路已看不到車道，只好改道登上高岡。漫長的山坡直上雲天，連馬都走得疲乏不堪。這一段以陸路的艱險為重點，在章法上和第一章以水路為重點正好形成對照，申發了「怨彼東路長」的意思：歸藩的道路不僅漫長，而且極其艱辛，正像今後的人生道路一樣難行。

第三章寫被迫將與曹彪宿止異路的悲憤心情。「玄黃猶能進」一句與上一章末句「我馬玄以黃」頂針連接，在句法上與「我思鬱以紆」形成遞進關係，使詩人內心積鬱的痛苦更甚於人馬登高涉險。接着以一句自問，直接回答積鬱的原因在於和親愛兄弟之間的分離。本來期望能一起歸藩，中途卻不能再同道。「鴟梟鳴衡軛，豺狼當路衢」兩句，將阻隔兄弟之情的小人比作車轅上的鴟梟和攔路的豺狼，正切合詩人行旅趕路的實景。而「蒼蠅間黑白」，喻小人顛倒是非，點明兄弟分隔，就是因為那些讒巧小人。詩人明知是曹丕的意旨，痛罵「鴟梟」、「豺狼」、「蒼蠅」，意在言外。詩人想到回京已經絕無蹊徑可通，只能停下來攬着轡頭在路上徘徊，感情又回落到抑鬱的低點。

第四章寫初秋原野蕭條，觸景傷心的情狀。詩人以「踟躕」二字與上一章末句頂針，感嘆踟躕無益，不能滯留，但相思永遠沒有盡頭。在低落的情緒中，詩人看到秋原日暮、鳥獸歸群的景象，更加傷感。這一段景物描寫句句含有寓意：「秋風發微涼，寒蟬鳴我側」，正是夏秋之交的光景，蟬聲哀切酸嘶，似乎在為詩人哀鳴，同時秋蟬餐風飲露，品性高潔，常被古人引用比喻自己的清白，因此這兩句寫景中包含兩層寓意。日暮時群鳥振翅急急飛還喬林，孤獸慌張地尋找同伴，連口銜的青草都顧不上吃。這些原野蕭條的景象正如詩人自己落寞的心境，而歸林的群鳥反襯出那隻失群的孤獸，又正是詩人自己孤獨處境的寫照。這就難免感物傷懷，撫心長嘆了。

第五章由感物傷懷轉到對曹彰暴死京城的傷悼。以「太息」與上一章頂針承接，痛悼曹彰，悲嘆人生無常。詩人追問為什麼天命與自己相悖，為什麼自己的同胞兄弟一去不歸？只有他的孤魂回到故土，而靈柩卻只能寄託在京師。由此感嘆生者倏忽過世，隨着逐漸老朽而形消身滅。人生一世就像朝露被曬乾一樣迅速。轉眼之間就像日在桑榆，已到暮年。光陰如影如聲，快得無法追趕。詩人從死者的突然消失聯想到自己同樣不能像金石一樣堅固，不由發出了無奈的嗟嘆。

第六章強作寬解之辭，並安慰曹彪。詩人在極度悲痛之餘，卻反過來安慰白馬王彪，使感情再度轉折。「丈夫志四海，萬里猶比鄰」，只要保持恩愛不變，越是遠離越是親近，何必要同宿同起，才能表達彼此殷勤的情意呢？倘若憂思成疾，豈不是太像小兒女嗎？這些話說得非常豁達。但是在強作曠達的自我寬慰之後，詩人隨即又忍不住轉為悲哀的自問：倉卒之間離別的骨肉之情，能不讓人痛苦？ 本章表露的複雜感情，時而曠達，時而哀戚，既抑壓，又曲折，值得細細品味。

第七章寫與曹彪訣別的祝福。詩人走投無路，使他質疑天命，否定神仙，他深深明白這次與曹彪的生離就是死別，不會再有重逢執手的一天。因此唯一可以安慰的是希望對方保重身體，彼此活到老，「俱享黃髮期」。畢竟，詩人在惡勢力面前終究是軟弱無力的，只好「收淚即長路」，聽從命運的擺佈了。

這首詩藝術成就特高。在內容上，將兄弟的分道賦予生離死別的深刻意義，在去國歸藩的路上的所見所感，始終以曹丕迫害兄弟的事實為脈絡；在情感抒發上，時而激揚流轉，時而悲咽徘徊，或比興寓託，或情景交融，或直抒胸臆，或掩抑低回；在結構組織上，章與章之間用頂針格使每章首句接住上一章末句蟬聯而下（第一、二章之間例外），形成一種既層次分明又蟬聯一體的結構，大大加強沈鬱頓挫、如泣如訴的抒情效果；在修辭手法上，大量運用比喻、烘托、陪襯等手法，以加強感人的效果。通篇憤恨曹丕不顧兄弟之情已經寫到十分，但始終沒有點破，既是避免招禍，也是傳統詩法的傳承。

陶淵明詩中的「風力」

陶淵明（365–427）詩中充滿哲理的名句，在閱讀和欣賞陶詩都應特別注意。陶淵明被稱為田園詩人，他的詩率意任真、平淡自然，如他的〈歸園田居〉五首，將田園生活的真、善、美敘寫出來，確令人神旺意移，不期然產生跟他一起務農之思。

但我們必須了解，在陶淵明決意歸隱前，本有「大濟蒼生」之志，就算歸隱之後，他的心表面平靜，但心內仍隱然存在一股欲發而不得發的力量，就像大海汪洋，表面上平靜無波，而海底卻有暗流一樣。鍾嶸（？–518）《詩品》評他的詩：「其源出于應璩，又協左思風力」，是很有卓見的。試看以下陶句：

「憶我少壯時，無樂自欣豫。猛志逸四海，騫翮思遠翥。」

——（〈雜詩〉十二首之四）

「精衛銜微木，將以填滄海。刑天舞干戚，猛志固常在。」

——（〈讀山海經〉十三首之十）

「惜哉劍術疏，奇功遂不成。其人雖已沒，千載有餘情。」

——（〈詠荊軻〉）

然而，當時運不齊，有志難伸，詩人便表現出特立獨行的清峻之節與道德責任感：

「天地長不沒，山川無改時。草木得常理，霜露榮悴之；謂人最靈智，獨復不如茲。」

——（〈形贈影〉）

「縱浪大化中，不喜亦不懼，應盡便須盡，無復獨多慮。」

——（〈神釋〉）

「芳菊開林耀，青松冠巖列；懷此貞秀姿，卓為霜下傑。」

——（〈和郭主簿〉二首之二）

「寒竹被荒蹊，地為罕人遠；是以植杖翁，悠然不復返。」

——（〈癸卯歲始春懷古田舍〉二首之一）

「平疇交遠風，良苗亦懷新；雖未量歲功，即事多所欣。」

——（〈癸卯歲始春懷古田舍〉二首之二）

「形迹憑化往，靈府長獨閒，貞剛自有質，玉石乃非堅。」

——（〈戊申歲六月中遇火〉）

「厲響思清遠，去來何依依，因值孤生松，斂翮遙來歸。勁風無榮木，此蔭獨不衰；託身已得所，千載不相違。」

——（〈飲酒並序〉二十首之四）

「結廬在人境，而無車馬喧。問君何能爾？心遠地自偏。」

——（〈飲酒並序〉二十首之五）

「日入羣動息，歸鳥趨林鳴。嘯傲東軒下，聊復得此生。」

——（〈飲酒並序〉二十首之七）

「青松在東園，眾草沒其姿；凝霜殄異類，卓然見高枝。」

——（〈飲酒並序〉二十首之八）

陶淵明欲「得志與民由之」（《孟子・滕文公下》），卻「不得志獨行其道」（引同上），心裏不平固然，但沒有怨天尤人之態，仍然隱藏著一顆不能自已的仁者安仁之心。朱熹（1130–1200）評：「某看他自豪放，但豪放得來不覺耳。」（《朱子語類》）龔自珍（1792–1841）說：「陶潛酷似臥龍豪，千古潯陽松菊高，莫信詩人竟平淡，二分〈梁甫〉一分〈騷〉。」（《己亥雜詩》三百一十五首之一百三十）都是知者一語中的之言。

鍾嶸《詩品》論曰：「豈直為田家語耶？古今隱逸詩人之宗也。」陶淵明之隱之逸，乃政治環境使然，假如不是亂世，不是改朝換代，他又怎會忍隱於廬山腳下當一農民？

膾炙人口的《唐詩三百首》

唐朝（618–907）二百九十年間，為我國詩歌發展的黃金時代。詩壇上雲蒸霞蔚，名家輩出。清代康熙（1662–1722）年間編纂的《全唐詩》，收錄二千二百多詩人的作品四萬八千餘首，再加《全唐詩補選》、《補全唐詩》、《全唐詩續補遺》，以及敦煌殘卷所存的，數量多達五萬首。卷帙浩繁，自然誦讀不易，所以在唐天寶（742–755）年間開始，就不斷有人為唐詩進行選編。據孫琴安（1949-　）《唐詩選本六百種提要．自序》指出，唐詩選本經大量散佚，至今尚存三百餘種。當中最流行而家傳戶曉的，要算無錫孫洙（1711–1778）號蘅塘退士所輯七十七位詩人三百一十首的《唐詩三百首》了。

三百一十首詩比之五萬首作品固然是極少數，選出來的作品是否能反映、照顧全局，自然有待商榷。但整體而論，選材都是上好作品。這些詩，時間上縱貫四唐，而以盛唐、中唐為主，佔總數百分之七十以上。內容上，寫事則唐代社會生活（如杜甫〈兵車行〉、張祜〈集靈臺二首〉），具見梗概；寫景則大至名川（如王維〈漢江臨眺〉）、大嶽（如杜甫〈望嶽〉），雄邊（如李頎〈古從軍行〉）、雪海（如岑參〈白雪歌送武判官歸京〉），小至山居（如常建〈宿王昌齡隱居〉）、驛樓（如許渾〈秋日赴闕題潼關驛樓〉），孤樹（如杜甫〈古柏行〉）、閒琴（如李頎〈琴歌〉），都形象鮮明；寫情則喜（如杜甫〈聞官軍收河南河北〉）、樂（如孟浩然〈過故人莊〉）、悲（如元稹〈遣悲懷三首〉）、哀（如李商隱〈錦瑟〉）、怨（如杜荀鶴〈春宮怨〉）、恨（如白居易〈長恨歌〉），以至懷古（如劉長卿〈長沙過賈誼宅〉）、傷今（如杜甫〈春望〉），無不細緻言傳；寫理則開學養正，啟導人生（如王維〈酬張少府〉、孟郊〈遊子吟〉），最足影響後代，彰示來世。風格上包含婉曲含蓄（如朱慶餘〈閨意（近試上張水部）〉）、流麗清新（如李白〈長干行〉）、幽深淡遠（如邱為〈尋西山隱者不遇〉）、質樸流暢（如李益〈喜見外弟又言別〉）、豪放剛健（如祖詠〈望薊門〉）、慷慨激昂（如高適〈燕歌行〉），以至於輕艷纖穠（如李商隱〈為有〉）等多種。作法上有法度森嚴的（如杜甫〈登高〉），有似散實嚴的（如僧皎然〈尋陸鴻漸不遇〉），有不可捉摸的（如李白〈夢遊天姥吟留別〉），有似無法而法在其中的（如李益〈江南曲〉），讀者如能旁通搜索，舉一反三，則古今詩法，盡在其中矣。

文學藝術的最高境界，是令人情靈搖蕩，在不自覺間提昇自我。三百多首唐詩自有本身懾人的藝術力量，讀者由欣賞而感悟而改善氣質，可說其妙無窮。

前人說讀《論語》讀得一章便得一章，讀得一句便得一句，其實，讀唐詩也如是——只要口誦心惟，有所體悟，讀得一首便得一首，其妙處如入園圃，才高者固可含英咀華，童蒙者亦得與聞香氣，掇拾花草。

詩是最精鍊的語言，一首短短的絕句，也有起承轉合之妙（例如王昌齡〈閨怨〉），更何況是長篇巨製的古體（例如李白〈將進酒〉、杜甫〈丹青引贈曹將軍霸〉、白居易〈長恨歌〉等），那些總合分述、伏筆照應、記敘中抒情、抒情中說理等等的手法，無不可轉到其他文學創作上。

三百首的題材是那樣廣泛，無論是反映政治矛盾（如李白〈蜀道難〉、杜甫〈麗人行〉）、邊塞軍事（如岑參〈輪臺歌奉送封大夫出師西征〉、張喬〈書邊事〉）、宮闈婦怨（如薛逢〈宮詞〉、金昌緒〈春怨〉）、隱逸生活（如孟浩然〈夏日南亭懷辛大〉、王維〈輞川閒居贈裴秀才𧺝〉）、酬酢應制（如王維〈奉和聖制從蓬萊向興慶閣道中留春雨中春望之作應制〉、劉長卿〈送上人〉）、宦海升沉（如駱賓王〈在獄咏蟬〉、李頎〈送陳章甫〉）等，詩人的觸覺都非常敏銳而深刻。讀者如能逐步細讀全書，重組每首詩聚焦的圖象與情感，自然能加深對唐代文化與社會面貌的認識。這種認識不斷加深，才談得上真正熱愛祖國、熱愛傳統。

談唐太宗的〈贈蕭瑀〉詩

習近平主席於 2014 年 11 月 9 日以「疾風知勁草，板蕩識誠臣」讚揚當時的香港特首梁振英，獲傳媒廣泛報道。筆者觀察習主席的重要講話，每每引用古語，或以明志，或用喻事，或為助證，或示勉勵，既增強內容的説服力和感染力，亦凸顯個人説話風格的內涵。

此次引用唐太宗李世民（598–649）贈蕭瑀（575–648）詩的兩句，意義匪淺，值得探究。其時，習主席主持各國政要雲集的亞太經濟合作組織會議，雖謂運籌帷幄，智珠在懷，畢竟要瞻前顧後，繁忙之極，仍抽空接見梁特首，無疑顯示對香港當時局勢的關懷。從中央的角度言，地方政局的動蕩不能不管。香港是特別行政區，由信任的特首貫徹中央的精神，最為重要。「疾風知勁草，板蕩識誠臣」兩句在習主席心裏湧現，自然不過。

習主席所引詩句，最早見於唐代吳兢（670–749）的《貞觀政要》：

> 貞觀九年，蕭瑀為尚書左僕射。嘗因宴集，太宗謂房玄齡曰：「武德六年已後，太上皇有廢立之心。我當此日，不為兄弟所容，實有功高不賞之懼。蕭瑀不可以厚利誘之，不可以刑戮懼之，真社稷臣也。」乃賜詩曰：「疾風知勁草，板蕩識誠臣。」瑀拜謝曰：「臣特蒙

誠訓，許臣以忠，諒雖死之日，猶生之年。」

唐太宗的賜詩，《舊唐書》、《資治通鑑》、《唐鑑》、《說郛》、《冊府元龜》、《天中記》等俱有引錄。《玉海》引此兩句後，更謂「《初學記》載此詩云：『勇夫安識義？智者必懷仁。』」清輯《全唐詩》收錄本詩，便題作〈贈蕭瑀〉，變成了四句：「疾風知勁草，板蕩識誠臣。勇夫安知義？智者必懷仁。」其中「板蕩識誠臣」句，《東都事略》、《毛詩李黃集解》等作「板蕩識忠臣」，筆者以為，無論音、義兩者，「忠」都比「誠」好。據云隋文帝（楊堅，541–604）的父親名楊忠（507–568），唐初史家如魏徵（580–641）等修《隋書》，因避諱，凡「忠」字皆改作「誠」，唐太宗本詩或亦因此而改。

有評論說本詩是一首五言絕句。前兩句「仄平平仄仄，仄仄仄平平」合乎五言絕句的格律，第三、四句按格律，本應為「仄仄平平仄，平平仄仄平」，但「勇夫安知義，智者必懷仁」，犯了「失黏」，這種情況，在初唐、盛唐的作品都常見，為了與合乎格律的絕句區分，我們稱本詩為「古絕」更合適。

本詩首句「疾風知勁草」，意指在急疾猛烈的大風中，才能看出小草的堅韌。典出《後漢書．王霸傳》。王霸（？–59），字元伯，潁川潁陽人。率領家鄉數十賓客追隨漢光武帝劉秀（前 5–57）興義兵，及後賓客逐漸離去，僅王霸獨留光武帝身邊。光武帝感觸地對王霸說：「潁川從我者皆逝，而子獨留努力，疾風知勁草。」

次句「板蕩識誠臣」，意指在動蕩中，才能識別出忠誠的臣子。「板」和「蕩」是《詩經．大雅》的篇名，兩詩都是譏刺周厲王（姬胡，前 890– 前 828）無道而導致國家敗壞、社會動亂的。後世將「板」、「蕩」合成一詞，形容政局混亂或社會動蕩。

某電視台報道新聞時以「板蕩」誤為「版蕩」，自然惹來訕笑。

詩的三、四句「勇夫安知義？智者必懷仁」承「誠臣」二字而來。面對社會、國家的橫逆，不迴避，不退縮，「勇」是很重要的，但單靠「勇」不行，盲目的「勇」，容易流於魯莽行事，做出不合道義的事。所以唐太宗說「勇夫安知義？」。他覺得能做好「誠臣」，必須包括「知（智）、仁、勇」三者。《論語·子罕》:「子曰:『知者不惑，仁者不憂，勇者不懼。』」在孔子（前 551- 前 479）心目中，「仁」是道德自覺的最高境界，足可涵蓋其他如忠、信、義、勇、孝、悌等美德；能夠與「仁」並稱的，只有「知」。《論語·里仁》記孔子之言:「仁者安仁，知者利仁。」「安仁」是內發的，「利仁」是外鑠的，以內蘊之沉實而顯露個人德性的叫做「仁」，以才識之四射而發揮個人德性妙用的稱為「知」;「仁」處於內，「知」顯乎外，從某種意義上，「仁」、「知」是一體兩面的道德境界。唐太宗深明此理，所以有「智者必懷仁」的詩句。

通過對唐太宗〈贈蕭瑀〉整首詩的理解，也許對習主席的引用，對當時香港局勢的解決方法，有更深刻的啟示。

張若虛〈春江花月夜〉詩中之詩

如果說：一首好詩要有境界，要有興寄，要有餘味。則唐代張若虛（約660–720之間）的〈春江花月夜〉境界高、興寄深、餘味足，不單是一首好詩，更是一首「詩中之詩」（聞一多語）！

張若虛，揚州人，以「文詞俊秀」著名。他的詩多散佚，《全唐詩》僅收錄二首。

〈春江花月夜〉是樂府舊題，張若虛以此舊題寫出春江月夜的迷人景色與哲理探究，更在這景色氛圍中抒寫和渲染民間離別相思之苦，表現得有情有態，真實可感。

春江潮水連海平，海上明月共潮生。灩灩隨波千萬里，何處春江無月明！江流宛轉繞芳甸，月照花林皆似霰。空裏流霜不覺飛，汀上白沙看不見。江天一色無纖塵，皎皎空中孤月輪。江畔何人初見月？江月何年初照人？人生代代無窮已，江月年年望相似。不知江月待何人，但見長江送流水。白雲一片去悠悠，青楓浦上不勝愁。誰家今夜扁舟子？何處相思明月樓？可憐樓上月徘徊，應照離人妝鏡臺。玉戶簾中卷不

粵語音頻

普通話音頻

春江花月夜

去，擣衣砧上拂還來。此時相望不相聞，願逐月華流照君。鴻雁長飛光不度，魚龍潛躍水成文。昨夜閑潭夢落花，可憐春半不還家。江水流春去欲盡，江潭落月復西斜。斜月沉沉藏海霧，碣石瀟湘無限路。不知乘月幾人歸，落月搖情滿江樹。

全詩分兩部分。第一部分十六句，由描寫春江花月夜的景色始，而以融情入理結。開頭八句，寫明月照耀下的江水、花林景色。「春江潮水連海平」兩句，寫長江下游水面寬闊，春潮高漲，江海不分和新月初升的景象；「灩灩隨波千萬里」兩句，寫在波濤蕩漾下的月光景色，詩人想像，月光隨著流波，水到那裏，月就到那裏，一下子，千萬里的春江，都灑滿月的光輝。「江流宛轉繞芳甸」四句，是春江月夜景色的特寫。「江流宛轉」的芳郊，月下花林的花朵瑩潔如雪珠，充滿奇幻之美；「空裏流霜不覺飛」，寫空中，是抬頭所見，月明的春夜怎會有「空裏流霜」？那是詩人的錯覺和感受，細看而知不是「霜」，自然不覺其飛了；「汀上白沙看不見」，寫地面，詩人這時看到的是一片月色的「白」，也就淆亂視覺上的「沙」了。

由「江天一色無纖塵」以下八句，寫面對江水月色所產生的人生短暫的體悟。「江天一色無纖塵」兩句，寫月色水光的明淨景象，其中「孤」字下得精妙，勾畫出一種幽深孤獨的環境，引出對人生哲理的探求。「江畔何人初見月」兩句，詩人連發兩問，通過「人」見「月」，「月」照「人」，讓人隨詩人探索宇宙的起源、人類的初始。「人生代代無窮已」兩句，著眼於生命的有限與無限，大自然的永恆不變，詩人就從眼前的江月得到啟示，將人生易逝的感喟，暫時得以消解。「不知江月待何人」兩句，皎皎江月等待何人，詩人又怎會知道？他低頭凝思，只看見長江不斷的輸送流水。天上的月，地上的流水，中間有了詩人的連繫，而形成天地人並列為三的畫面，惹人深思。

詩的第二部分由「白雲一片去悠悠」到尾，寫遊子、思婦的離愁別恨。「白雲一片去悠悠」兩句，詩人寫出了夫婦離別的情景；「誰家今夜扁舟子」兩句互文見義，遊子在江上扁舟，婦人在樓中望月，互相思念，這種情況，不只一家，不只一處，事實上，也不只一時。「可憐樓上月徘徊」以下四句專寫思婦。思婦對著明月照到的妝台，不能成眠，想要用簾卷去月光，但簾可卷而月光依然；思婦意欲擣衣，卻誤認砧上月光是霜，想要拂拭，結果是「拂還來」。「此時相望不相聞」四句，一筆雙寫，是「思婦」，也是「遊子」，二人相思不能相見，相望不能相聞，只能寄託月光遙寄相思之情；「鴻雁」、「魚龍」本可為信使，可是鴻雁卻穿越不過月光，魚龍只能在水底「潛躍」，暗示音訊難通，則相思之苦，自然更加深重。「昨夜閑潭夢落花」四句，從春殘月落寫思婦對丈夫的懷念。妻子在夢中見到花落閑潭，忽然醒覺春已過半，可是丈夫仍未歸家；江水流，春欲盡，落月西斜，都增加了思婦的哀惋。詩的最後四句收結，斜月隱沒於海霧，而相隔天南地北的人不知凡幾；詩歌到此，讓讀者心情沉重，無以形容之際，詩人卻寫出遊子連夜回家，落月殘輝也為之搖情，灑滿江樹。詩人寫盡人間別離的苦痛後，為讀者留下了愛侶會合團聚的希望，並以明月有情，為千千萬萬離別者賦予同情和厚愛作結。

本詩以春、江、花、月、夜為背景，而以「月」為主體，從月升起，以月落結，其間以眾多景物陪襯烘托，筆調清麗，理趣盎然；又將遊子、思婦種種細膩的感情，連綿不斷的組織起來，造成了柔和靜謐的詩境，並以綿邈深摯的情感貫串起來，取得和諧統一的藝術高境界。

七歲神童的詠物詩——〈詠鵝〉

詩在文學作品中是最簡練和濃縮的，作者期以最少的文字，將心中要敘述的事、描寫的景、抒發的情、說明的理表達出來。在詩的發展過程中，有一類稱作詠物詩的，讓人讀來產生「詩中有畫」的感覺。

詠物詩容易寫得成，卻難寫得好。說容易寫得成，因為僅將眼中的所見描寫出來而已。說難寫得好，因為把注意力放在描寫客觀事物的「形似」上，所詠之物，雖然纖毫畢現，但沒有深遠的寄託，也不能給人以應有的啟迪；如果刻意追求「神似」，不能把客觀事物的性格特徵、神情意態等描繪出來，又容易令人產生不知所云的弊病。所以，寫作詠物詩，先要追求形似，然後進一步追求神似，詠物而不滯予物，把形似和神似恰到好處地結合起來，才真能使物像通過文字而活靈活現。寫詩如是，我們欣賞詠物詩，亦如是！

初唐詩人駱賓王（約 640-？），唐代婺州義烏（今浙江義烏縣）人。七歲能寫詩，被目為「神童」。曾經擔任臨海縣丞。徐敬業（636-684）起兵反對武則天（624-705），賓王代他作〈討武曌檄〉，一時傳誦。敬業兵敗後，賓王下落不明，也有被殺、自殺、逃匿不知所終等說法。

七歲時的駱賓王，住在家鄉的一個小村子裏。村外有一口池塘。每到春天，塘邊柳絲飄拂，池水清澈見底，水上鵝兒成群，景色迷人。據說有一天，家中來了一位客人，隨便問了賓

詠鵝

粵語音頻　　普通話音頻

王幾個問題，都對答如流，客人驚訝不已。賓王跟著客人走到池塘時，一群白鵝正在池塘浮遊，客人有意試試他，便指著鵝兒要他以鵝作詩，他不假思索便創作了〈詠鵝〉這首詩：

鵝，鵝，鵝，曲項向天歌。白毛浮綠水，紅掌撥清波。

這首詩刻畫白鵝戲水的情景，使人感到童稚的天真爛漫，情趣盎然。詩的首句「鵝，鵝，鵝」，開門見山地點出了描寫的主體，並且重覆了兩次。這三個「鵝」字，究竟是什麼意思？是模仿鵝的叫聲呢，還是指出鵝的數量？如果說，「鵝，鵝，鵝」是鵝的叫聲，明顯是不恰當的，「鵝」是名詞，如是叫聲，則應用「呱呱呱」、「嘎嘎嘎」、「哦哦哦」之類的狀聲詞。如果說，「鵝，鵝，鵝」是指「鵝」，那是指賓王見到一隻鵝，欣喜地重覆詠嘆，還是指他眼前見到三隻甚或更多的一群鵝，所以在數算「一隻鵝，兩隻鵝，三隻鵝」呢？似乎都有可能。如果更富想像一些，賓王看到遠處一隻鵝，近處一隻鵝，由於塘水清澈，他看到近處的鵝的倒影，原本是兩隻鵝，數之便成三隻了。從詩境上說，一隻鵝予人孤寂傲然的感覺，兩隻鵝予人浪漫與喜悅，三隻以至一群鵝便予人熱鬧歡騰、千姿百態之感了。

詩的第二句「曲項向天歌」，「曲項」，是指鵝「彎曲的頸項」，「歌」就是「唱歌」，指「鵝在叫」。白鵝伸長了彎曲的頸項向著天空，嘎嘎地叫著。對於七歲的賓王來說，雀鳥的鳴叫，就跟唱歌無異。這時鵝在鳴叫，他便感覺牠（牠們）在唱歌了。當然，從修辭的角度言，這句是運用了擬人法，將鵝的行為人性化，就像人一樣唱歌。

詩的三、四句「白毛浮綠水，紅掌撥清波」，是對所見鵝的動作進一步描寫。「白毛」，是指鵝身「白色的羽毛」，我們當可理解為以鵝身上的白羽來借喻「鵝」；「浮」，指「飄浮」或「浮動」，賓王很可能是看到遠處的鵝，只見一堆雪白的羽毛在碧綠的水面上浮動。第四句「紅掌」，是指鵝的「紅腳掌」，「撥」就是「划」。這時，他一定是看到近處的鵝的鮮紅的腳掌在清清的水裏划動，泛起了微微的波紋。他的視覺，遠看的是綠水，近看的便是清波了。當我們細細欣賞，三、四兩句不單是對句：「白毛」對「紅掌」，「浮綠水」對「撥清波」，「白」、「紅」、「綠」、「清」相對的顏色而已，而是看到有層次的，由遠而近的觀察。

全詩一共十八個字，句式不避長短，具有兒歌的隨意性；末兩句對偶工整，又使詩歌富於韻味。詩歌雖短，卻有「鵝」、「歌」、「波」三個韻腳，使人讀來琅琅上口，平添不少詩趣。

張九齡〈望月懷遠〉深摯感人

初唐詩人張九齡（678–740）的詩，以和雅清淡著稱，寓意深遠，對掃除唐初所沿習的六朝綺靡詩風，貢獻甚大，被譽為「嶺南第一人」。他是韶州曲江（今廣東省韶關市西）人，多年前，我參加旅行團到韶關，車上導遊講解細致，印象尤深。

〈望月懷遠〉是一首五言律詩，張九齡作於開元二十五年（737）遭貶荊州以後。詩中通過對月夜懷念親人的形象刻畫，表達了對親人深沉懷念的誠摯之情，婉轉地反映了遭貶後孤獨冷漠的處境和悲涼痛苦的情懷。

> 海上生明月，天涯共此時。情人怨遙夜，竟夕起相思。
> 滅燭憐光滿，披衣覺露滋。不堪盈手贈，還寢夢佳期。

詩一開頭即直接點明望月懷遠。「海上生明月」，以白描手法，從大處落筆，讓我們彷彿看到一輪明月從海平面上慢慢升起、海天相接的曠闊遼遠境界。「天涯共此時」，化用謝莊（421–466）〈月賦〉的「美人邁兮音塵闕，隔千里兮共明月」而來，詩人對著明月，悠然想到自己所思念而在遠方的人也同時

望月懷遠

粵語音頻

普通話音頻

望月，彼此相隔異地，在此時共此明月，互相思念。上句一個「月」字，既是離人聯繫的紐帶，也領起全詩；下句一個「共」字，在詩法上相當重要，一筆雙寫，將遙遠的兩地牽合在共同點上，既引出下面三、四句寫「情人」望月的情態，也伏下五、六句寫「自己」的情狀。

三、四句頷聯「情人怨遙夜，竟夕起相思」，承「懷遠」而寫。詩人從對方設想，寫「情人」怨恨夜長，整夜相思不寐。詩人越寫「情人」的「怨」，就越能表達自己真摯深厚的思情。「夜」的時間長短固定，不會因人熟睡而變短、失眠而變長，但人卻因思緒不寧而致長夜難眠。詩人將主觀感情的「怨」，表現在客觀情境上，由「竟夕相思」而「怨恨」秋夜漫漫，相思也愈見深重。

五、六句頸聯「滅燭憐光滿，披衣覺露滋」，詩人從寫「情人」返回寫自己在中宵接近清曉時份的情狀。詩人原先是從室內窗前看見月的，皓月當空，光亮灑滿了房間，他本想滅燭而睡，無奈月光使他思念之情越來越深，以致睡意全消，於是索性披衣出門，漫步在庭院之中以排遣愁思，不知時間過了多久，只覺得夜露越發滋生濃重。詩人憐月光滿室，感夜露濕衣，突出了他的懷遠深情和激烈的內心活動。「憐」、「滿」、「覺」、「滋」四字，寫人寫月，曲盡其妙。兩句對仗極為工整細致，而且一氣貫注，格調高古。

結尾二句「不堪盈手贈，還寢夢佳期」，詩人想抓一把月光贈給遠方的「情人」。月光「盈手」，實在想像奇特，但卻反映詩人的情真意切；說「不堪」，正正說明「盈手贈」之不可能。不錯，月光是無從相贈的，但卻可寄託親密的情思。詩人渴望與「情人」相會，現實既不可得，那就只好寄託於夢境了；詩人希望作一個好夢，實現相會「佳期」的心願。然而說到底，夢境中也許見到對方，但醒來如何？詩人沒有交待，那無非是更深的迷離和悵惘！

全詩以明月起興，以明月終篇，始終成為詩人抒情的脈絡，一句一轉，一氣呵成；從望月寫到懷人，從滅燭寫到披衣，由室內寫到室外，從月升寫到月沉，由相思寫到入夢，由景入情，情景相生，創造了清麗而悠遠的意境。

詩佛王維的禪趣

唐代大詩人王維（701？-761）留下400多首詩，以精煉而不雕飾，明淨而不淺露，自然而不拙直為特色。性既好佛，又工繪畫，所以他的詩亦兼具禪理和畫意。

由於王維的母親崔氏（？-750）信佛，師事普寂禪師（651-739，俗姓馮，敕賜「大照禪師」）三十餘年，普寂禪師即禪宗北宗神秀（606-706）的弟子。王维早年的思想，不可能不受影響，再加上個人的修為，又於四十歲左右時，遇到南宗慧能（638-713）的弟子神會（686-760），受其心要而精通禪理，其以詩寄寓佛家思想，也是自然而然的事，如：

> 欲問義心義，遙知空病空。山河天眼裏，世界法身中。
>
> ——（〈夏日過青龍寺謁操禪師〉）
>
> 軟草承趺坐，長松響梵聲。空居法雲外，觀世得無生。
>
> ——（〈登辨覺寺〉）
>
> 趺坐簷前日，焚香竹下煙。寒空法雲地，秋色淨居天。
> 身逐因緣法，心過次第禪。
>
> ——（〈過盧四員外宅看飯僧共題七韻〉）

上面的詩句，只宣揚佛理而詩意索然，用李夢陽（1473-1530）的說法：「王維詩高者似禪，卑者似僧。」（《空同集》）究竟王維「詩高者似禪」的作品如何？試看：

> 空山不見人，但聞人語響。返景入深林，復照青苔上。
> ——(〈鹿柴〉)

山空不見人而聞人聲回響，循聲尋覓又不知人所在，益見山的空寂。空寂的山若無情，卻有陽光復照，而顯得活潑有情。此景中有情，禪機顯露之作。

> 秋山斂餘照，飛鳥逐前侶。彩翠時分明，夕嵐無處所。
> ——(〈木蘭柴〉)

靜動之間，平凡的景色移人；四句前後因果相承，秋山餘照而彩翠分明；飛鳥相逐而終歸何處？眼見景如此，人生何嘗不如此？

> 木末芙蓉花，山中發紅萼。澗戶寂無人，紛紛開且落。
> ——(〈辛夷塢〉)

用字造語平實無奇，卻蘊含特殊的藝術魅力。芙蓉花燦發，而紛紛開且落，彷佛只一剎那，已然瞬息萬變。此真反映「諸行無常」、「諸法無我」的禪理。

> 空山新雨後，天氣晚來秋。明月松間照，清泉石上流。
> 竹喧歸浣女。蓮動下漁舟。隨意春芳歇，王孫自可留。
> ——(〈山居秋暝〉)

空山新雨，既靜且淨，松間、石上、月明、泉清，一幅西方琉璃世界的圖畫。聽到聲音，而知浣女歸；見蓮動，始覺漁舟下。禪意十足。尤其第七句「隨意春芳歇」，正是無念、無作意的生動寫照。

讀者不妨再細味以下詩句，看看有何體會？

清淺白石灘，綠蒲向堪把。家住水東西，浣紗明月下。
——（〈白石灘〉）

荊溪白石出，天寒紅葉稀。山路元無雨，空翠濕人衣。
——（〈山中〉）

輕舟南垞去，北垞淼難即。隔浦望人家，遙遙不相識。
——（〈南垞〉）

獨坐幽篁裏，彈琴復長嘯。深林人不知，明月來相照。
——（〈竹里館〉）

人閑桂花落，夜靜春山空。月出驚山鳥，時鳴春澗中。
——（〈鳥鳴澗〉）

王維的詩，特別喜歡用「空」、「寂」、「清」、「閑」等字，在他的眼中，凡日常生活所見的一切都是「真如」（佛家語，又稱「法性」、「實相」，指現象的本質或真實性。）的本體，都充滿禪意、禪趣。胡應麟（1551–1602）許之為「入禪之作」，說「讀之身世兩忘，萬念俱寂」（《詩藪》）。現代都市人過著煩囂的生活，雖未必能經常沐浴於山林之中，但隨時可品味朗讀王維的詩，以禪的一杯茶，沖洗塵累凡腸，享受大自在的樂趣。

王維〈山居秋暝〉清新疏淡

王維（約 701- 約 761），字摩詰。蒲州（今山西永濟縣）人。二十一歲時中進士，官至尚書右丞。他多才多藝，不但擅長音樂，詩、畫造詣亦高。蘇軾（1037-1101）曾讚揚說：「味摩詰之詩，詩中有畫；觀摩詰之畫，畫中有詩。」

〈山居秋暝〉的「暝」，指夜晚，《廣韻》莫定切，音「命」（ming6）。這首詩描寫了清新、秀美的秋晚山景，表現出大自然空曠、幽靜、安閒、恬適之美，亦寫出詩人對山中恬淡生活的嚮往。以下是原詩：

> 空山新雨後，天氣晚來秋。明月松間照，清泉石上流。
> 竹喧歸浣女，蓮動下漁舟。隨意春芳歇，王孫自可留。

此詩描寫秋天傍晚雨後的山村風景，是一首五言律詩。

首兩句「空山新雨後，天氣晚來秋」，以清麗的筆調描寫了初秋山村雨後青蔥涼爽的自然景色。「空山」的「空」字，這裏帶有佛教的影響，從佛教的教義來講，「空」作為世界萬象的本質，並不是空無一物，其根本的含義是去除執著的「無我」，

山居秋暝

粵語音頻

普通話音頻

它認為萬事萬物都是因緣和合所生，並無實有的自性。「空山」，並非空無一物、空無一人，只不過是寫人在山中，沒有塵心俗慮，沒有妄念與執著，這就是使山所以為空山的真正含義。就在這一片空山之中，剛下過一場雨，又正是傍晚秋涼的天氣。這兩句點明了「山居秋暝」的詩題，也為下面兩聯寫景、寫人作了鋪墊。

三、四句頷聯「明月松間照，清泉石上流」，以概括的筆墨描繪山中夜景，很能見出作為詩人兼畫家的王維在構圖取景方面的功力。由於「雨後」天晴，山上松林間露出一輪皎潔的明月，也由於「雨後」泉水量增加，溪水在石頭上潺潺流過，詩人選取山間秋暮最有特徵的景物，準確地傳達心中清新暢快的感受。這一聯的成功之處，在於用最簡單的構圖，概括了山中秋夜的主要特徵，「明月」在上而靜，「清泉」在下而動，這樣光影、上下、靜動的對比，構成鮮明完整的畫面，突出了清朗爽淨的基調。因此成為王維的名句，而且經常被後世的山水畫家用來題畫。

五、六句頸聯「竹喧歸浣女，蓮動下漁舟」，在頷聯勾畫的背景上再作一些動態的、富有生趣的描寫。「竹喧歸浣女」從岸上寫，與「清泉」句暗中相扣，這句就聽覺落筆，因聽到竹林裏傳來的喧鬧聲，再點出一群嘻嘻哈哈洗衣歸來的女子，是聞聲而見人；雖然只用五個字，但竹林的深密，山村女子的活潑天真和無拘無束的性情，都烘托出來了；「歸」字又與第二句「天氣晚來秋」的「晚」字相呼應。如果說「竹喧歸浣女」是從陸上、聲音的聽覺上寫，則「蓮動下漁舟」是從水裏、影像視覺上落筆：詩人見到河邊的蓮葉搖曳蕩出唱晚漁舟。這兩句從句子結構和捕捉動態方面別具特色：先聞竹喧，而後再聽出那是洗衣女的嘻笑聲；先見蓮動，而後才看到漁舟從上流而下。這種按照心理感覺順序構句的方式，把先聽到的或看到的放在句子開頭，然後把分辨清楚的景物放在句子的後部，可以不露痕跡地將詩人的審美心態融入景物描寫之中，表達也更加曲折有致。而且，如果沒有這種熱鬧的動景相映襯，前兩聯相對靜態的描繪就過於冷清平淡了。有了這一聯繪聲繪色的名句，全詩便在豐富的色彩和聲響的交織中顯現出自然而多樣的美態。

七、八句「隨意春芳歇，王孫自可留」直抒胸懷。詩人在前六句把山間的秋夜寫得那樣優美，實際上反映了他對當時官場生活的厭倦和對隱居生活的嚮往。「隨意」即自然而然地；「春芳」指春天的芳草。這兩句說任憑春天的芳草自然凋謝，秋色仍然很美，王孫自可留在山中，不必歸去。這是反用楚辭〈招隱士〉中「王孫遊兮不歸，春草生兮萋萋」、「王孫兮歸來，山中兮不可以久留」等句的意思。典故的原意是寫山裏的環境寂寞可怕，不能久留，要招那裏的隱士回家。所以說春草已經生得很茂盛了，王孫為什麼還不歸來？春天往往被看作表現歲月更替、思念遠人的最好季節，現在詩人是見秋色而希望隱居，足見山中美景是令人多麼留戀。常見的典故經詩人如此活用，便覺得格外新鮮。

這首詩僅僅四十字，短小精悍，寫來形象鮮明，色彩豐富，字句毫不著力而自見凝煉，充滿著詩情畫意之美，的確是詩中有畫，景中有聲，靜中有動，使意境顯得既清幽又活潑，既恬靜又充滿生機，有歡快和熱烈的氣氛，有生活的樂趣。詩人表面上只是用接近白描的「賦」的手法寫景抒情，實際上通篇寓有比興。這月下青松和石上清泉，這生活在翠竹青蓮中的純樸、勤勞、安詳、歡樂的人們，構成了一個自然美和心靈美融為一體的人間純美天地，體現出詩人所追求的理想境界。

閱讀和欣賞這類一派空靈，清新疏淡的作品，就如品一杯清茶，須靜觀其色，細賞其味，然後深杯到熱腸，心靈也得到雅化。

從李白詩看「詩仙」的現代意義

李白（701–762），字太白。其籍貫異說紛紜，或曰隴西，或曰山東，或曰蜀。其出生地尚無定論，主要有生於蜀和生於西域碎葉城（今吉爾吉斯斯坦的托克馬克市）二說。據李白自言及相關材料，其九世祖為涼武昭王（李暠，351–417）之後，其先於隋末流寓西域，至其父李客（生卒年不詳）才「逃歸於蜀」，四歲的李白亦隨之遷居劍南道綿州昌隆縣青蓮鄉（今四川省江油市）。

李白少穎慧，十歲通詩書。喜任俠，輕財重施。或訪道四方，以鍊丹求仙為事。天寶（742–756）初，入會稽，與道士吳筠（？–778）友善。筠被召入京，李白也隨著到了長安。賀知章（659–744）讀了他的〈蜀道難〉，深受所感，歎為「謫仙人也」，薦之於玄宗（李隆基，685–762），召為翰林供奉。二年餘，求放還山。

天寶十四載（755），安祿山（703–757）反唐，李白轉徙宿松（今安徽省西南部、長江北岸）、匡廬（即江西省廬山）間，永王璘（719？–757）為江淮兵馬都督，辟為府僚。璘謀反事敗，白被流放夜郎，途中遇赦得還。代宗（李豫，726–779）寶應元年（762），在當塗病死。留下詩九百餘首，世稱「詩仙」。

陳師耀南（1941–　）《唐詩新賞》曾將李白一生，分為六個階段：生於西域；成長蜀中；漫遊華東；長安夢碎；江湖浪跡；宦舟再覆。頗便記憶。我也寫過一首〈題李太白〉的詩，概括了李白的一生和我對他的感受：

> 飛揚跋扈謫仙人，玉山自倒態絕倫。平生四海為胸臆，沉吟俯仰筆底真。五七言絕體高妙，古風樂府尤稱神。桃花潭畔踏歌處，會有出水芙蓉新。金陵酒，峨眉月，天姥峰頭，梁王宮闕。杖劍走馬如閒雲，一生貴賤何飄忽。恩承帝主親調羹，翰林供奉驚一鳴。酒醉恐言溫室樹，白首肯著太玄經。可憐淪作永王客，夜郎萬里愁遷謫。是非留得後人爭，千秋長養詩魂魄。

杜甫（712–770）〈春日憶李白〉云：「白也詩無敵，飄然思不羣。」確然，詩到李白，凡神仙游俠奇山異水名酒美人，都成他詠歌的材料。沈德潛（1673–1769）《說詩晬語》稱其「落想天外，局自變生，大江無風，濤浪自湧，白雲舒卷，從風變滅。此殆天授，非人力也。」

李白從小就受到道教神仙思想的薰陶，在其詩歌中多有體現。其〈感興八首〉其四云：

> 十五遊神仙，仙遊未曾歇。吹笛吟松風，泛瑟窺海月。西山玉童子，使我鍊金骨。欲逐黃鶴飛，相呼向蓬闕。

又在〈下途歸石門舊居〉中表達對神仙的嚮往：

> 余嘗學道窮冥筌，夢中往往遊仙山。何當脫屣謝時去，壺中別有日月天。

李白一生與道教徒接觸甚多，如司馬承禎（647–735）、吳

普通話音頻

將進酒

筠（？-778）、焦鍊師（生卒年不詳）、元丹丘（生卒年不詳）等。李白入宮，亦多得於吳筠所薦。其與元丹丘更為一生好友，在李白的詩中，有十四首提到元丹丘，如〈將進酒〉：

> 君不見，黃河之水天上來，奔流到海不復回。君不見，高堂明鏡悲白髮，朝如青絲暮成雪。人生得意須盡歡，莫使金樽空對月。天生我材必有用，千金散盡還復來。烹羊宰牛且為樂，會須一飲三百杯。岑夫子，丹丘生，將進酒，杯莫停。與君歌一曲，請君為我傾耳聽。鐘鼓饌玉不足貴，但願長醉不復醒。古來聖賢皆寂寞，惟有飲者留其名。陳王昔時宴平樂，斗酒十千恣歡謔。主人何為言少錢，徑須沽取對君酌。五花馬，千金裘，呼兒將出換美酒，與爾同銷萬古愁。

又如〈西嶽雲台歌送丹丘子〉：

> 西嶽崢嶸何壯哉！黃河如絲天際來。黃河萬里觸山動，盤渦轂轉秦地雷。榮光休氣紛五彩，千年一清聖人在。巨靈咆哮擘兩山，洪波噴箭射東海。三峰卻立如欲摧，翠崖丹谷高掌開。白帝金精運元氣，石作蓮花雲作台。雲台閣道連窈冥，中有不死丹丘生。明星玉女備灑掃，麻姑搔背指爪輕。我皇手把天地戶，丹丘談天與天語。九重出入生光輝，東來蓬萊復西歸。玉漿倘惠故人飲，騎二茅龍上天飛。

〈月下獨酌〉四首之一

粵語音頻

普通話音頻

都是很有名的，校際朗誦節也曾作為比賽材料。

李白的詩受道家道教思想影響俯拾即是，其尚自然，不矯飾，任性奔放，天才與天地並驅，非人力所能及。如果說，中國的文化藝術的發展受道家思想的影響最大，則李白的詩作，正是道家藝術的高境界。

以下舉高中語文課程所選的一首李白詩〈月下獨酌〉四首之一為例：

> 花間一壺酒，獨酌無相親。舉杯邀明月，對影成三人。
> 月既不解飲，影徒隨我身。暫伴月將影，行樂須及春。
> 我歌月徘徊，我舞影零亂。醒時同交歡，醉後各分散。
> 永結無情遊，相期邈雲漢。

李白表現孤獨這一主題，不是直抒胸臆，而是「餘味曲包」。曹植（192–232）〈贈白馬王彪〉其中一節寫與曹彪離別之感：「心悲動我神，棄置莫復陳。丈夫志四海，萬里猶比鄰。恩愛苟不虧，在遠分日親。何必同衾幬，然後展慇勤。憂思成疾疢，無乃兒女仁！倉卒骨肉情，能不懷苦辛。」前八句極寫大丈夫豪情，兄弟友愛，雖遠猶近，因別離而憂思成疾，無非兒女之情。末兩句卻筆鋒一轉，謂骨肉離別之苦，情調從高處陡然直下，令讀者心為之震動，可見文筆轉折之妙。李白此詩卻幾經轉折翻騰，傅庚生（1910–1984）《中國文學欣賞舉隅》分析得好：「花間有酒，獨酌無親；雖則無親，邀月與影，乃如三人；雖如三人，月不解飲，影徒隨身；雖不解飲，聊可為伴，雖徒隨身，亦得相將，及時行樂，春光幾何？月徘徊，如聽歌，影零亂，如伴舞，醒時雖同歡，醉後各分散；聚散似無情，情深得永結，雲漢邈相期，相親慰獨酌。此詩一步一轉，愈轉愈奇，雖奇而不離其宗；青蓮奇才，故能爾爾，恐未必苦修能接耳。」

李白詩中的仙氣與道家思想，固然突出，其在詩中表現的開創性的藝術精神，讓我們啟發良多。讀者不一定專攻文學，但任何學科專才，而應有的開拓創新精神，必然類似李白的超然想像力，敢於毫不保留的盡情奔放的情懷，才能獲致偉大的成就。明白這一點，才是我們讀李白詩、認識「詩仙」的現代意義。

李白絕非徹頭徹尾的道教徒，他一生懷抱著「申管晏之談，謀帝王之術，奮其智慧，願為輔弼，使寰區大定，海縣靖一」(〈代壽山答孟少府移文書〉) 的儒者志向。至於李白並不抗拒與佛教徒接觸，彼此交往，自然也受影響，如〈聽蜀僧彈琴〉云：「蜀僧抱綠綺，西下峨嵋峰。為我一揮手，如聽萬壑松。客心洗流水，餘響入霜鍾。不覺碧山暮，秋雲暗幾重。」可見一斑。因此，從李白詩中可以發現儒道佛的多元與包容，這對我們直視中國文化的核心是有幫助的。

從杜甫詩看中國文字的至高藝術

杜甫（712–770）承傳《詩》《騷》的傳統，轉益多師，並刻意求新，富於創造而至於集大成。我們大可從杜詩的非凡造詣體會中國文字的至高藝術。

杜甫把中國文字獨體單音的特色和功能發揮得淋漓盡致。欣賞杜詩，不應僅僅著眼於字、詞、句，應從整篇感受當中的情志事義。然而，要整體感受杜詩之美，又不能不從字、詞、句的修辭手法始。稍加舉例如下：

比喻：「憂端齊終南，澒洞不可掇。」（〈自京赴奉先縣詠懷五百字〉）寫「憂端」（愁緒）的程度，等同於終南山一樣高，像茫茫無際的大水那樣不可收拾。一經比喻，抽象的情感即形象鮮明而富感染力。

對偶：「五更鼓角聲悲壯，三峽星河影動搖。」（〈閣夜〉）兩句結構相同，意義對稱，平仄諧協，讀來富有節奏感和音樂美。

擬人：「感時花濺淚，恨別鳥驚心。」（〈春望〉）「花」「鳥」無情，而賦以人的「濺淚」、「驚心」情態，生動而感人。

誇張：「窗含西嶺千秋雪，門泊東吳萬里船。」（〈絕句〉）「千秋雪」、「萬里船」無疑是誇張，卻能表現美麗壯闊的景色。

對比：「朱門酒肉臭，路有凍死骨。」（〈自京赴鳳先縣詠懷五百字〉）通過豪門和百姓的生活情狀對比，突顯一般老百姓的苦難。

借代：「干戈猶未定，弟妹各何之？」(〈遣興〉) 以「干戈」借代戰爭，以戰事用的武器反映時局，形象更具體。

摹聲：「車轔轔，馬蕭蕭。」(〈兵車行〉)、以「轔轔」摹戰車前行時發出的轟鳴之聲，以「蕭蕭」摹寫戰馬嘶鳴，效果逼真。

錯綜：「花近高樓傷客心，萬方多難此登臨。」(〈登樓〉) 原意是「花近高樓此登臨」，「萬方多難傷客心」，將兩句的末三字互換，引起讀者注意。

倒裝：「錦江春色來天地，玉壘浮雲變古今。」(〈登樓〉)「來天地」，是「天地來」的倒裝，「變古今」是「古今變」的倒裝。「來」「變」二字一經置前，便產生強調的作用。

頂真：「主稱會面難，一舉累十觴。十觴亦不醉，感子故意長。」(〈贈衛八處士〉) 第二句結尾「十觴」二字，成為第三句的開頭，產生緊湊銜接的美感。

雙聲 / 疊韻：「清秋幕府井梧寒，獨宿江城蠟炬殘。」(〈宿府〉)「清秋」雙聲，「獨宿」疊韻；「路經灩澦雙蓬鬢，天入滄浪一釣舟。」(〈將赴荊南寄別李劍州〉)「灩澦」雙聲，「滄浪」疊韻。杜詩中多有此等修辭，或出於有意，或出於自然，都大大增強詩句的音樂美感和感情色彩。

用典：「丹青不知老將至，富貴於我如浮雲。」(〈丹青引〉) 將《論語・述而》「其為人也，發憤忘食，樂以忘憂，不知老之將至」、「不義而富且貴，於我如浮雲」兩句寫成，此屬「語典」。「可憐後主還祠廟，日暮聊為梁父吟。」(〈登樓〉) 用劉禪 (207–271) 和諸葛亮 (181–234) 的典故，此屬「事典」。一經用典，詩情得以委婉，亦給予讀者更多想象空間。

煉字：「屈強泥沙有時立。」(〈又觀打魚〉)「立」字平淡無奇，卻語出驚人，杜甫以此字形容魚，像是天馬行空，但由於用上「屈強」二字作鋪墊，將大魚挺立泥沙時的神態活現。又如「萬里悲秋常作客，百年多病獨登臺。」（〈登高〉）「作客」，羈旅之悲也；「常作客」，久經羈旅則更悲；「萬里常作客」，離鄉之遠之久，其悲更甚，此時面對肅殺之「秋」景，則悲上加悲矣。「登臺」眺望，思親而生悲也；「獨」自登臺，其悲自增；「多病」而獨登臺，更見悽苦；「百年」如此，衰暮益悲。十四字，竟包含八層意思，精煉如此，實在令人驚歎。

由於杜甫以渴求完美、精益求精的態度創作，所以作品的內涵是如此豐富，藝術是如此精深，是最能令人一讀再讀三讀的。

從杜甫詩看「詩聖」的現代意義

筆者在上一篇文稿談論杜甫（712–770）詩文字的至高藝術，指出「欣賞杜詩，不應僅僅著眼於字、詞、句，應從整篇感受當中的情志事義」，而杜詩的「情志事義」，正是他被許為「詩史」、「詩聖」的真正原因。

杜甫經歷大唐帝國玄宗（李隆基，685–762）、肅宗（李亨，711–762）、代宗（李豫，726–779）三個王朝，他出生於玄宗剛即位的先天元年（712），卒於代宗大曆五年（770）。這五十八年正是唐帝國走向最繁盛，而又步向衰落的時候。度過這一段滄桑的歲月，杜甫以他生命的全副精神進行創作，流傳下來的一千四百五十八首詩歌，組成一幅又一幅生動而寫實的畫卷，將「安史之亂」前後的親身經歷，通過詩的各種體裁敷寫出來；他的詩集，儼然成為一部記錄社會變動帶給各階層變化與痛苦的寫實著作，既可印證正史的記敘，也可補正史的不足。由此，我們稱杜甫是「詩史」，杜詩是「史詩」，也就不難理解。

談到「詩聖」，《說文解字》：「聖，通也。」杜甫在詩歌創作藝術的高度，雄視百代，後世詩人極少不受其影響。白居易（772–846）讚揚杜詩貫穿今古，盡工盡善，元稹（779–831）更指杜詩「上薄風騷，下該沈宋，言奪蘇李，氣吞曹劉，掩顏謝之孤高，雜徐庾之流麗，盡得古今之體勢，而兼人人之所獨專……則詩人以來，未有如子美者」（〈唐故工部員外郎杜君墓誌銘序〉），可謂推崇備至。杜詩之「聖」在此。然而如果因杜詩之能集大成而稱「詩之聖」則可，尊杜甫為「詩聖」則不可。「詩聖」是含有「詩界中聖人」的含義的。杜甫被尊為「詩聖」，主要在於我們從杜詩中體悟出一位公忠體國、仁民愛物的人物形象。

蘇軾（1037-1101）在〈王定國詩集敘〉中說：「古今詩人眾矣，而杜子美為首。豈非以其流落饑寒，終身不用而一飯未嘗忘君也歟？」杜甫一生落魄潦倒，歷盡坎坷，但他始終保持著儒家最推崇的仁者襟懷，造次必於是，顛沛必於是。他公忠體國，關注社會現實，關懷民族命運，關心蒼生疾苦。「致君堯舜上，再使風俗淳。」（〈奉贈韋左丞丈二十二韻〉）「北極朝廷終不改，西山寇盜莫相侵。」（〈登樓〉）「劍外忽傳收薊北，初聞涕淚滿衣裳。」（〈聞官軍收河南河北〉）「朱門酒肉臭，路有凍死骨。」（〈自京赴奉先詠懷五百字〉）「安得廣廈千萬間，大庇天下寒士俱歡顏。」（〈茅屋為秋風所破歌〉）杜詩中，處處表現詩人本於性情，以天下為己任的家國情懷，所以能引發不同時代讀者的共鳴，特別在中華民族遭到外患衝擊之時，杜詩竟成為無數仁人義士和愛國詩人的精神支柱。

天地之間，人物並生，各得其性。杜甫的仁愛之心，由親愛家人、親友，推而廣之而及於天下蒼生，甚至於宇宙間的一切無情之物。「感時花濺淚，恨別鳥驚心。」（〈春望〉）「天風隨斷柳，客淚墮清笳。」（〈遣懷〉）「露從今夜白，月是故鄉明。」（〈月夜憶舍弟〉）「鴻雁幾時到，江湖秋水多。」（〈天末懷李白〉）「隨風潛入夜，潤物細無聲。」（〈春夜喜雨〉）「江山如有待，花柳更無私。」（〈後遊〉）「白魚困密網，黃鳥喧佳音。物微限通塞，惻隱仁者心。」（〈過津口〉）那些風雲月露草木蟲魚，在杜甫的筆下，都成了有情之物，而逗人可愛可親可愁可怨！

杜甫雖曾任官，總是屈居下僚，政治上無所作為，對當時的社會也沒有甚麼豐功偉績，但他始終秉持儒家「仁者」的道德情操。我們看到的，就是在普通百姓中的一位沒有憑藉，卻能「超凡入聖」的人物；這位人物，用他畢生從事的詩歌創作，真實地反映出人格的偉人之處，光照古今與未來，成為中國人效法的典範。這點，正是我們認識「詩聖」的現代意義！

白居易〈燕詩〉寄託行孝須及時

燕子，是香港常見的候鳥，每年春、夏之間，在港島東區、九龍深水埗、新界北區、離島以至偏遠的濕地都容易找到牠們的蹤影。由《詩經．邶風．燕燕》以來，很多騷人墨客都以燕子為題材，抒情達意。白居易（772–846）這首〈燕詩〉，藉對燕子的觀察、描寫，寄託「行孝須及時」的道理。

白居易，字樂天，號香山居士，祖籍山西太原。二十九歲中進士，任翰林學士、左拾遺，唐憲宗（李純，778–820）元和十年（815）貶江州司馬，後任杭州刺史、蘇州刺史、太子少傅等職，以刑部尚書致仕。晚年寓居洛陽的香山，終年七十五歲。有《白氏長慶集》傳世。

白居易主張「文章合為時而著，詩歌合為事而作」，並寫了大量詩歌，題材廣泛，形式多樣，語言平易通俗。今存詩近三千首，代表作有〈長恨歌〉、〈琵琶行〉等。

本詩的題目又作「燕詩示劉叟」，前有一小序：「叟有愛子，背叟逃去，叟甚悲念之。叟少年時，亦嘗如是。故作〈燕詩〉以諭之矣。」據學者考證，這首詩大概寫於唐憲宗元和二年（807）至元和六年（811）之間。原詩如下：

梁上有雙燕，翩翩雄與雌。銜泥兩椽間，一巢生四兒。
四兒日夜長，索食聲孜孜。青蟲不易捕，黃口無飽期。
嘴爪雖欲敝，心力不知疲。須臾十來往，猶恐巢中飢。

粵語音頻

普通話音頻

燕詩

辛勤三十日，母瘦雛漸肥。喃喃教言語，一一刷毛衣。
一旦羽翼長，引上庭樹枝；舉翅不回顧，隨風四散飛。
雌雄空中鳴，聲盡呼不歸；卻入空巢裏，啁啾終夜悲。
燕燕爾勿悲！爾當反自思：思爾為雛日，高飛背母時。
當時父母念，今日爾應知！

詩歌「梁上有雙燕」首四句，生動地描述了一對燕子的幸福景象。「翩翩」，輕快飛行的樣子，從這兩字，即可感受到兩隻一雌一雄的燕子那種無拘無束、自由自在的情景。牠們懷著興奮的心情，銜著泥土，在屋樑的橫木上，築起愛巢。「一巢生四兒」，勾勒出一幅美滿家庭生活的畫面。

接著「四兒日夜長」八句，敘述了雙燕辛勞撫育幼燕的經過，深刻地反映了父母養育之恩的偉大。兩隻燕子對子女的愛是無私的。四隻雛燕日夜成長，求食的叫聲吱吱喳喳不住。青蟲不容易抓到，黃口小燕似乎從來沒吃飽。雙燕用爪抓，用嘴銜，儘管氣力用盡，也不知疲倦。不一會兒往返十來轉，還怕餓著窩裏的兒女。

接下「辛勤三十日」四句，反映父母愛心的偉大。「母瘦」，當然也包括「父瘦」，牠們為了養育雛燕，經過不辭勞苦的「三十日」，眼見雛燕長肥了。雙燕為了幫助雛燕迎接未來，「喃喃教言語，一一刷毛衣」。大家可以想像，父母教導與照顧子女的時候，那種溫柔的目光、輕巧的動作，表現出無限的愛憐。這時候的天倫之樂，能不令人嚮往和羨慕？

跟著「一旦羽翼成」四句，詩人筆鋒一轉，描寫出冷酷的現實，小燕仗著羽翼已成，竟然在學習飛翔的期間，引上了庭院裏的樹枝，就此再不回頭，隨著風兒向四方飛散。小燕的舉動是令父母感到錯愕和驚慌的，我們讀詩讀到這裏，也應感到錯愕和驚慌，不禁會問：為甚麼會這樣？

詩人並沒有回答為甚麼小燕「四散飛」，筆鋒卻指向雌雄雙燕：「雌雄空中鳴，聲盡呼不歸；卻入空巢裏，啁啾終夜悲」，兩燕在空中鳴叫，大聲呼喚，聲也嘶了，力也竭了，而牠們的子女，卻喚不回來。牠們只好回到空空洞洞的巢窩裏面，悲鳴不已，通宵不斷！

從詩歌的寫法上，詩人可以就此結束，營造「言盡意不盡，言盡意無窮」的效果。可是，詩人最終以「燕燕爾勿悲」六句收結：詩人安慰燕子不要悲傷，應當反思年幼時是不是也曾那樣殘忍的傷害自己的父母。當然，燕子聽不懂人話，詩人要告訴的，是劉叟；詩人告誡他，他年輕時拋棄父母，那時父母多麼掛念，今天自己應有體驗！當然，劉叟既已失去兒子，詩人再這麼一說，看似有點涼薄，但詩人的目的，是用以警世，讓其他讀者自我警惕和反省。

〈燕詩〉這首詩，白居易將它歸入「諷諭」類，旨在以燕喻人，借雙燕的遭遇諷勸那些不顧父母痛苦而獨自遠走高飛的人們。強調：想要子女對自己盡孝，自己就應先帶頭對父母盡孝。

這首詩，內容充實，語言通俗流暢，用生動而簡潔的文字，寥寥幾句，已把雙燕的築巢、孵卵、哺雛、教飛等過程勾劃，使人如在目前。其中適當的運用修辭手法，如摹聲的「索食聲孜孜」，借代的「黃口無飽期」，對比的「母瘦雛漸肥」，對偶的「喃喃教言語，一一刷毛衣」等等，都是值得學習的。

韓愈〈馬說〉說理精闢

在唐宋古文八大家之中，居首位的是韓愈（768-824）。韓愈的散文創作，內容豐富，體裁多樣，風格剛健雄深，富有獨創性，影響深遠。

韓愈，字退之，河陽（河南孟州市）人。祖籍昌黎，幼年孤苦，勤奮力學。德宗（李适，742-805）貞元十九年（803）擔任監察御史期間，因上書〈御史臺上論天旱人饑狀〉而被貶為陽山（今廣東陽山縣）令。赦還後，任國子博士、刑部侍郎等職。憲宗（李純，778-820）元和十四年（819），又因作〈諫迎佛骨表〉，幾招殺身之禍，被貶為潮州（今廣東潮州市）刺史。死後謚曰「文」，世稱「韓文公」。

〈馬說〉一文選自《韓昌黎全集·雜說》。「說」為古代論說文的一種體裁，其作用是解釋義理，可以通過敘事、寫人、詠物來論說道理，表達作者獨到的個人見解。

> 世有伯樂，然後有千里馬。千里馬常有，而伯樂不常有。故雖有名馬，祇辱於奴隸人之手，駢死於槽櫪之間，不以千里稱也。
>
> 馬之千里者，一食或盡粟一石。食馬者，不知其能千里而食也。是馬也，雖有千里之能，食不飽，力不足，才美不外見，且欲與常馬等不可得，安求其能千里也？

策之不以其道，食之不能盡其材，鳴之而不能通其意，執策而臨之，曰：「天下無馬！」嗚呼！其真無馬邪？其真不知馬也！

全文分三段。第一段點明伯樂對千里馬的命運有決定作用，並慨歎現世伯樂罕見，千里馬不被發現。作者首先提出「世有伯樂，然後有千里馬」的論點，說明伯樂的有無，關係著千里馬的命運。然後指出「千里馬常有，而伯樂不常有」，含蓄地表明當時沒有伯樂，社會上沒有知馬善用的人，千里馬也就無從自見和獲得賞識。這一段最後得出結論：「故雖有名馬，衹辱於奴隸人之手，駢死於槽櫪之間，不以千里稱也。」這裏的千里馬，比喻賢能之士，伯樂，比喻重視人才的當權者。作者託物寓意，寥寥數語，便把黑暗社會摧殘人才的罪惡揭露出來。這段有力地說明「世無伯樂，則無千里馬」的道理，也就從反面證明「世有伯樂，然後有千里馬」的論點。

第二段補充說明千里馬被埋沒的原因，並從「飼馬之道」反面論證伯樂的重要。作者以「馬之千里者，一食或盡粟一石」，誇張地說明千里馬食量之大，強調千里馬才能遠較一般的馬高，其所需亦自然與眾不同，可惜飼馬者「不知其能千里」，不供給足夠的食物，也就是說統治者不懂得人才的重要，不提供必需的條件。最後，千里馬「食不飽，力不足，才美不外見」。同理，人才遭到輕視和壓抑，其本領也就無從發揮出來。

最後一段總結全文，諷刺「食馬者」的淺薄無知，抒發作者懷才不遇的憤懣與不平，並重申主旨：天下並非無馬，惜飼馬者並不知馬。「策之不以其道，食之不能盡其材，鳴之而不能通其意」這排比句的三個「不」字，有力地揭露統治者壓制及扼殺人才，本來在他們面前的正是一匹千里馬，但因他們「策之」、「食之」、「鳴之」的方法和態度都不對，終使千里馬無從施展所長。可是統治者卻稱天下沒有人才，實在令人憤慨！「執策而臨之曰：天下無馬」兩句，將統治者一副可憎的面目和醜態活靈活現。最後，作者故意用略帶輕蔑的語氣嘆道：「嗚呼！其真無馬邪？其真不知馬也！」以反問的口吻來表示肯定的意思，讀來更覺諷刺與辛辣。

〈馬說〉是一篇說理文，寫作特色如下：

一、通篇運用比喻，說理深刻而含蓄。文中的千里馬，比喻有才能而不得志的賢士；伯樂，比喻重視並善於發現人才的當權者；食馬者，比喻摧殘人才的統治者。《古文觀止》評說：「此篇以馬取喻，謂英雄豪傑，必遇知己者，尊之以高爵，養之以厚祿，任之以重權，斯可展布其材。否則英雄豪傑，已埋沒多矣。」這種託物寓意的手法，為韓文的一大特色。

二、以反論正，論點突出。本文論證問題運用了反證法，一開頭提出了「世有伯樂，然後有千里馬」的論點，但下面作者並沒有從正面講伯樂如何重要、如何決定千里馬命運的道理，而是通過反覆闡述世無伯樂，則無千里馬的道理，從反面證明了「世有伯樂，然後有千里馬」的論點，效果奇佳。

三、語言簡練、氣勢雄渾。全文不足二百字，但內容絕不貧乏和單調，這是由於行文簡明扼要，變化多端的效果；加上作者善用排比、反問等修辭，頓使文章波瀾起伏，抑揚反覆。讀者高聲朗誦，自然會感受到氣勢雄渾的特色。

柳宗元〈始得西山宴遊記〉賞析

「遊記」作為一種文體，自然離不開記述行程、描寫所見、抒發情感。本文介紹一篇遊記的經典，就是唐代大文豪柳宗元(773–819)「永州八記」的第一篇〈始得西山宴遊記〉。

柳宗元，字子厚，河東解縣（今山西永濟）人，世稱柳河東。順宗（李誦，761–806）時，他和劉禹錫（772–842）等人參加了王叔文（753–806）等革新政治的活動，失敗後，貶永州司馬（今湖南永州）。他在永州長達十年，母親去世，政治失意，身體日衰，遂沉潛於讀書，寄情於山水。集中五百四十多篇詩文，即有三百一十七篇作於永州。憲宗（李純，778–820）元和十年（815），下詔回京，不久再貶柳州刺史（今廣西柳州）。終年四十七歲。有《柳河東集》傳世。

柳宗元所寫的「永州八記」，前四篇寫於元和四年（809）秋，遊西山後之作；後四篇則是元和七年（812）秋，遊袁家渴、石渠、石澗、小石城山後作。〈始得西山宴遊記〉居八記之首，記尋得西山勝景始末，為以後數記張本。

西山，位於永州城西，高僅168米，較之永州內超過1500米高的30座高山，實在小巫見大巫。然而柳宗元登上西山，感慨平生，興懷寄寓，以目遊與神遊結合、寫實與寫意並用的方法，遂成千古奇文。

自余為僇人，居是州，恆惴慄。其隙也，則施施而行，

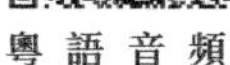

普通話音頻

始得西山宴遊記

漫漫而遊。日與其徒上高山，入深林，窮迴谿，幽泉怪石，無遠不到。到則披草而坐，傾壺而醉。醉則更相枕以臥，臥而夢。意有所極，夢亦同趣。覺而起，起而歸。以為凡是州之山水有異態者，皆我有也，而未始知西山之怪特。

今年九月二十八日，因坐法華西亭，望西山，始指異之。遂命僕過湘江，緣染溪，斫榛莽，焚茅茷，窮山之高而止。攀援而登，箕踞而遨，則凡數州之土壤，皆在衽席之下。其高下之勢，岈然洼然，若垤若穴，尺寸千里，攢蹙累積，莫得遯隱。縈青繚白，外與天際，四望如一。然後知是山之特立，不與培塿為類。悠悠乎與顥氣俱，而莫得其涯；洋洋乎與造物者遊，而不知其所窮。引觴滿酌，頹然就醉，不知日之入。蒼然暮色，自遠而至，至無所見，而猶不欲歸。心凝形釋，與萬化冥合。然後知吾嚮之未始遊，遊於是乎始。故為之文以志。是歲元和四年也。

本文立意布局，都緊扣文題「始得」二字。「始」，開始。「得」，原義獲得，引申為發現。「始得」至少有三個意思：一、這篇是「永州八記」的第一篇，所以用「始得」作為八篇的開頭；二、作者遊覽永州並不是從遊西山開始的，但他覺得只有在遊覽西山之後，才真正發現永州山水的特別之處，也獲得了一種獨特的感受。「始得」這兩個字就非常鄭重的標明遊覽西山以前的和這次遊覽西山的分界；三、從心境上看，此遊取得了「心凝形釋，與萬化冥合」的感受，從遊覽本身看，這之前，因心境鬱悶，出遊並無太多樂趣，從這兒才開始真正的遊覽。

全文分兩段，首段寫在永州遊山的心情及對西山「怪特」的總評。作者自稱為「僇人」，並以「恆惴慄」三字表達被貶後的心情，於是藉遊山玩水以排解內心的憂憤，消磨時日。「施施而行，漫漫而遊」，反映他的無所事事。作者於公務之暇，便結伴遊山，日子一久，幾走遍了永州名勝。「至則披草而坐……起而歸」一節，寫出隨意而遊，一醉方休的心態，突顯內心的苦悶和行動的無聊。「凡是州之山水有異態者，皆我有也，而未始知西山之怪特」數句，承上啟下，巧妙而自然地把文章引入「始得西山宴遊」的主題。

第二段正面描寫發現西山，宴遊西山的情景和感受。先記敘始得西山的時間、地點和經過。由於受西山之「異」吸引，於是命僕人帶路，沿途斫莽焚茅，直到山的最高處而止。這與過去漫無目的「施施而行」大異其趣。居高臨下，數州的土壤皆在其下。「岈然洼然，若垤若穴」二句，反襯西山之高；又用「尺寸」與「千里」構成強烈的對照，千里範圍的景物，都聚攏在眼底，仿如在尺寸之幅內。「外與天際，四望如一」，有了這種體驗，然後始知西山之特立，一覽眾山小了。面對如此奇特的景象，一種從未有過的感受油然而生：「悠悠乎與顥氣俱，而莫得其涯；洋洋乎與造物者遊，而不知其所窮。」繼而「心凝形釋，與萬化冥合」，達到忘我的境界。「然後知吾嚮之未始遊，遊於是乎始」，連用二「始」字，反復強調宴遊西山是個新的開始。

總觀全文，結構精妙為一大特色。文題〈始得西山宴遊記〉，已用「始」字標題；第一段寫「未始知」西山之前的景況，以「始」劃分界線。第二段寫發現西山，用「始指異之」；遊賞了西山，說「然後知吾嚮之未始遊，遊於是乎始」，這用兩個「始」字作結。可見這個「始」字，是文眼所在。

其次，作者善用多種修辭手法，如襯托、對比、頂真等。文章以永州眾山來襯托西山，突出它的「特立」，又寫初遊眾山，尚懷被貶後的鬱結之情，及遊西山，感受到與大自然冥合，心境豁然開朗，對比強烈。

而最為重要的，是作者寄情於景，託物言志的藝術技巧。作者寫西山的「特立」，正是自己蔑視世俗，遺世獨立的寫照。在作者眼中，他與西山有同病相憐、惺惺相惜、寵辱偕忘的共通點。寫西山，其實就是寫自己。

李商隱〈碧城三首〉之一的藝術美

近期應學海書樓之邀，連續三個月的星期日在香港大會堂主持「國學講座」，講題為「香港名勝楹聯」，其中介紹青松觀長廊上的一副楹聯：

> 靜坐寂塵心，悟入玄微，函谷五千言道德；
>
> 神遊耽妙境，題當名勝，碧城十二曲闌干。

此聯是羅智光道長（1916–2000）於1991年所撰。上聯從「靜坐」落想，說靜坐把心思從世俗中收斂回來，使到一切塵俗妄想寂滅，精神得以安寧平靜；當修道者經常處於靜寂清明的狀態下，自然能體悟而入於有無的玄妙幽微；而一切「玄微」的道理，已記載於老子（春秋時人，生卒年不詳）當年在函谷關寫下的五千言《道德經》了。下聯從「神遊」落想，「靜坐」要精神歸一，神遊則上天下地，無處弗屆，樂遊於美妙之境；既遊名勝之區，自當對景品題，就如撰者處長廊而外望，舉筆撰聯品題所見一樣；而品題名勝，就應像李商隱（813–約858）學仙玉陽山時，品題道觀而寫出「碧城十二曲欄干」的

〈碧城三首〉之一

粵語音頻

普通話音頻

名句。

「碧城十二曲欄干」，是〈碧城三首〉之一的首句。原詩云：

> 碧城十二曲闌干，犀闢塵埃玉闢寒。
> 閬苑有書多附鶴，女床無樹不棲鸞。
> 星沉海底當窗見，雨過河源隔座看。
> 若是曉珠明又定，一生長對水晶盤。

李商隱的詩，素來以撲朔迷離見稱，詩句美麗而深晦，往往令人低迴沉吟，百思不已。關於這首詩的主旨，無論是少年商隱和女道士的愛戀也好，唐明皇（李隆基，685–762）與楊貴妃（楊玉環，719–756）的故事也罷，甚至是諷刺唐武宗（李瀍，814–846）之說，在此短文不擬討論。既然李商隱語意含蓄，意欲深埋事實，那麼我們還是尊重作者，不管是愛情還是政治，就不必鑽礪過分，令自己神疲氣衰了。建議從圖像之美、聲音之美、建築之美去體會和欣賞，享受著如意識流藝術大師的作品：

一、圖像之美

圖像由意境引發。本詩開篇即描寫仙女居住的美景：碧霞為城，重疊輝映，曲闌圍護，雲霧繚繞，仙女們衣飾華美，翩然飄逸，呈現出一幅天上仙境的奇麗景象。從犀牛的闢塵，可以聯想到仙女的超塵脫俗；由玉德溫潤，可以聯想到仙女的純潔無瑕與溫柔和順。由景而人，畫面美好得令人陶醉。

二、聲音之美

全詩平仄合律，朗讀或吟唱時，宮徵靡曼，唇吻遒會，聲音和諧，充份表現出唐詩的聲音格律之美。詩句的節奏、音調，製造出特定的轆轤交往的聲音效果，表達出對仙女由傾心至愛戀至定盟的情感變化。詩人筆下的聲情豐富多彩，「干」、「寒」、「鸞」、「看」、「盤」一韻到底，而清濁相間，重讀和延長時別有味道。「星沉海底當窗見，雨過河源隔座看」兩句淒婉入骨，「若是曉珠明又定，一生長對水晶盤」兩句情意綿延，必出聲朗讀吟詠，才能體會纏綿悱惻的心曲。

三、建築之美

詩歌之建築美，除體現於七言八句的整齊外，更在於對偶之絕配。本詩的頷聯和頸聯對得極妙，「閬苑」對「女床」，都是仙女居住的地方，二句寫出仙女的日常生活，居住在飄渺的仙山之中，華美優悠。「星沉海底」與「雨過河源」相對，既是寫景，又是敘事，善用「牛郎織女」和「巫山雲雨」的典故，暗寫仙女佳期之遇，實在是妙筆天成，盡顯文字建構之美。

整首詩幽晦深曲，詩人没有直截了當地把所要表達的說出，而是採用象徵、暗示、雙關、用典等手法。乍一讀去，似覺恍惚迷離，難明所指。然而只要反復體味，便能曲徑通幽，捕捉到詩的旨趣，獲得感情的共鳴，在低吟誦讀中感悟詩人設想之新奇、景像之壯美、用典之精巧、詞意之幽深，進而享受文學之美。

以血書成的〈虞美人〉

五代南唐後主李煜（937–978）素有「詞聖」之譽，流傳下來的作品，眼界大，感慨深。其中〈虞美人〉（春花秋月何時了），以血淚寫成，值得推介。

李煜，徐州（今屬江蘇）人，初名從嘉，字重光，南唐中主李璟（916–961）的第六子，也是南唐的亡國之君。他繼位時，南唐已奉宋正朔，國勢衰落。公元 975 年，宋軍攻破金陵，他肉袒出降，被俘往開封，封為違命侯，備受凌辱。最後被毒死。

〈虞美人〉作於太平興國三年（978），當時，李煜被囚禁在開封已經幾年了。據說，七月七日那天，他撫今追昔，命以前的宮妓作樂，寫下這首詞。這首詞流傳到外面後，由於裏面有着懷念故國的情緒，觸怒了宋太宗（趙光義，939–997），不久遭毒死。

春花秋月何時了？往事知多少！小樓昨夜又東風，故國不堪回首月明中！

雕闌玉砌應猶在，只是朱顏改。問君能有幾多愁？恰似一江春水向東流！

粵語音頻

普通話音頻

虞美人

全首詞脈絡非常清晰。上片起首兩句「春花秋月何時了？往事知多少」，作者以悲憤已極的口吻，質問老天。「春花秋月」，在這裏既指極美的自然景物，也是快樂與幸福的象徵，象徵過去的美好時光，更隱含過去的幸福不可重現之意。它與「何時了」三字相連，道出帝王生活已一去不復返，再美的「春花秋月」也不過是殘酷的折磨罷了。

「小樓昨夜又東風，故國不堪回首月明中」二句，承前而來，來一個物是人非的對比。「東風」意味着春天，加一個「又」字，表示經歷被囚的日子甚久；在往日的春天，作為君王，曾有過多少美好時光。東風是永恆不變的，然而作者的國家卻已破亡，「不堪回首」了。眼前依舊是月明之夜，可是一切都今非昔比了。

下片接着上片的脈絡而來。前兩句「雕闌玉砌應猶在，只是朱顏改」寫得具體，從「往事」、「故國」，集中在「雕闌玉砌」和「朱顏」上，前者是以部分代整體，指皇宮；後者可以指宮女（從史實來看，確實有宮女隨李煜一起，被押送到汴京），也可以指自己。作者推想，「雕闌玉砌」應該還在，可是，和「雕闌玉砌」相關的人，卻已經是「朱顏改」了，這正體現出物是人非的深深悵惘之情。我們也許會問，作者與宮女被幽禁畢竟只有三年，三年的時光如何令到「朱顏改」呢？因無盡的屈辱而導致容顏憔悴，是不難想像的，更有學者推想，作者之意，可能心中是指「山河改」，但不敢直言而已。

末二句：「問君能有幾多愁？恰似一江春水向東流！」作者將前面的情感一齊歸結，表現出浩蕩無邊的愁懷，如大江東流一般，無窮無盡。以水喻愁，前人已有嘗試，如唐代劉禹錫（772–842）的〈竹枝詞〉中就有「水流無限似儂愁」的描寫，但是，作者的這個比喻顯然更加出色。中國的地形是西部高而東部低，江水浩蕩，向東奔流。這是一個永遠無法改變的事實，也是一個無休無止的存在。因此，用這樣一種情形來比喻愁之無窮無盡、洶湧澎湃，一下子就能引發聯想。同時，末二句一問一答，更容易打動讀者。這個比喻能夠引起天下後世普遍的共鳴，並不是偶然的。

全詞以明淨、凝練、優美、清新的語言，運用比喻、象徵、對比、設問等多種修辭手法，高度地概括和淋漓盡致地表達真情實感。全篇以問天始，以問己結，在自然流暢的抒情中，也有着嚴整的章法。在李煜之前，還沒有任何作家能在結構藝術方面達到這樣高的成就，所以王國維（1877–1927）說：「唐五代之詞，有句而無篇。南宋名家之詞，有篇而無句。有篇有句，惟李後主降宋後之作及永叔、子瞻、少游、美成、稼軒數人而已。」（《人間詞話刪稿》）可見李煜的藝術成就具有超越時代的意義。當然，更主要的還是因為他感之深，故能發之深。王國維《人間詞話》說：「後主之詞，真所謂以血書者也。宋道君皇帝（徽宗）〈燕山亭〉詞亦略似之。然道君不過自道身世之戚，後主則儼然有釋迦、基督擔荷人類罪惡之意，其大小固不同矣。」李煜被毒死，跟他寫這首詞有關，這真是用血寫的。李煜寫的詞，不尚雕飾，明麗如畫的白描手法寫成，不論是敘述事實、描寫景物、刻畫情態，都能曲盡其妙；特別在抒情方面，或事中有情，或景中有情，當情到深處，情景融合而昇華入於理境，由個人的感慨，而表出人世間的相同感慨，於是其情其理，已非李煜個人自己，而由他個人自己，擔荷著千秋萬世人類之苦。這正是王國維所指的「儼有釋迦、基督擔荷人類罪惡之意」。讀者多加體會，當自己偶有失意而生出愁、怨不快的情緒時，吟詠一下李煜的詞，相對他的愁怨，自然獲得稍寬稍解的療效。

范仲淹〈岳陽樓記〉襟懷度量

〈岳陽樓記〉，是北宋著名政治家、文學家范仲淹（989-1052）寫的一篇熔敘事、寫景、抒情、說理於一鑪的作品，文化思想強，藝術價值高，值得我們欣賞和學習。

范仲淹，字希文，蘇州吳縣（今江蘇省蘇州市）人。兩歲時喪父，因母親改嫁朱氏，改名朱說。二十七歲舉進士第，恢復姓范。歷任右司諫、吏部員外郎、知州、樞密副使、參知政事等職。仁宗（趙禎，1010-1063）慶曆三年（1043），奏陳十事，推動改革，史稱「慶曆革新」，惜為呂夷簡（979-1088）所阻，新政受挫，乃自請離京。歷任邠州（今陜西彬州）、鄧州（今河南鄧縣）等地方長官。皇祐四年（1052）改任潁州（今安徽阜陽）知州，上任途中逝世。年六十四。贈兵部尚書，謚文正。著有《范文正公集》。

本文寫於仁宗慶曆六年（1046），是范仲淹應好友岳州太守滕子京（990-1047）之請，為重修位於洞庭湖畔的岳陽樓而撰寫的。滕子京和范仲淹是同科進士，共事多年，政見一致，私交很深，慶曆四年（1044）因事而貶放岳州，在當地以兩年的時間已取得良好政績，並且重修了岳陽樓，修書邀請時在鄧州的范仲淹寫下本篇：

> 慶曆四年春，滕子京謫守巴陵郡。越明年，政通人和，百廢具興。乃重修岳陽樓，增其舊制，刻唐賢、今人

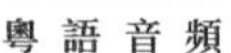

普通話音頻

岳陽樓記

詩賦於其上，屬予作文以記之。

予觀夫巴陵勝狀，在洞庭一湖。銜遠山，吞長江，浩浩湯湯，橫無際涯；朝暉夕陰，氣象萬千。此則岳陽樓之大觀也，前人之述備矣。然則北通巫峽，南極瀟湘，遷客騷人，多會於此，覽物之情，得無異乎？

若夫霪雨霏霏，連月不開，陰風怒號，濁浪排空；日星隱曜，山嶽潛形；商旅不行，檣傾楫摧；薄暮冥冥，虎嘯猿啼。登斯樓也，則有去國懷鄉，憂讒畏譏，滿目蕭然，感極而悲者矣。

至若春和景明，波瀾不驚，上下天光，一碧萬頃；沙鷗翔集，錦鱗游泳；岸芷汀蘭，郁郁青青。而或長煙一空，皓月千里，浮光躍金，靜影沉璧，漁歌互答，此樂何極！登斯樓也，則有心曠神怡，寵辱偕忘，把酒臨風，其喜洋洋者矣。

嗟夫！予嘗求古仁人之心，或異二者之為。何哉？不以物喜，不以己悲。居廟堂之高，則憂其民；處江湖之遠，則憂其君。是進亦憂，退亦憂。然則何時而樂耶？其必曰：「先天下之憂而憂，後天下之樂而樂」歟！噫！微斯人，吾誰與歸？時六年九月十五日。

全文共分五段。首段從滕子京被貶的時間、地點寫起，接寫他謫守岳州後的政績，雖只用了「政通人和，百廢具興」八個字，已足反映他是好官，有才能，又能為百姓出力，也隱含朝廷對他的貶謫是錯誤的。「乃重修岳陽樓」，用一個「乃」字承上啟下，表明重修岳陽樓是有了政績以後的事。對於重修岳陽樓的情況，只簡略提到擴大規模和刻詩賦於其上這兩點。最後一句「屬予作文以記之」交待作「記」的原因。

第二段分兩層，第一層總說「巴陵勝狀，在洞庭一湖」，然後寫在岳陽樓所見：「銜遠山，吞長江，浩浩湯湯，横無際涯；朝暉夕陰，氣象萬千。」作者用一個「銜」字和一個「吞」字，便清楚表明了洞庭湖和遠山及長江的關係；再加上下面所寫「浩浩湯湯，横無際涯」，就把那種煙波浩淼的宏偉景象描繪出來。第二層說明著意寫人們在岳陽樓「覽物之情」的不同。作者用「然則」二字一轉，從第一層著重景物描寫過渡到寫人。既然岳州是交通要道，被貶的官吏和文人多會聚集於此，那麼登臨岳陽樓，難道不會引起不同的感情嗎？因此，「覽物之情，得無異乎」既是承上，又領起下面第三和第四段。

第三段先著力寫出陰雨連綿時洞庭湖陰森可怖的景象與氣氛，同時也令人聯想到陰暗昏沉的政治氛圍。接著，作者由景及情，引出「去國懷鄉，憂讒畏譏」的被貶之人，不由觸景生情，滿目淒涼，「感極而悲」。

第四段著力寫洞庭湖晴朗天氣的景象：春光明媚，沙鷗成群，在月光如銀的晚上，遠處不時傳來一串串悠揚的漁歌。這時登臨岳陽樓，自是「心曠神怡，寵辱偕忘」，好不喜氣洋洋。

第五段說出古仁人「不以物喜，不以己悲」，不會因外物影響或個人問題而產生喜與悲的情感反應，這跟遷客騷人那種覽物之情迥然有別。接著，作者指出，他們並不是沒有憂愁，只是不在意個人的進退，而是憂其民，憂其君，「是進亦憂，退亦憂」。那麼，作為一個人，他們什麼時候才快樂呢？他們的快樂與憂愁是一種甚麼樣的關係呢？那就是「先天下之憂而憂，後天下之樂而樂」。這是全文的重點所在。這種以國家利益置於個人利益之上，不計個人得失，始終以天下為己任的襟懷度量和責任感，在中華歷史長河中，不知激勵了多少志士仁人，犧牲小我，為完成大我而努力奮鬥。

本文結構嚴謹，構思精妙，全文由事入景，由景生情，由情化理，並在段與段之間，段首或段末用關聯詞起承上啟下作用，使全篇渾然一體，脈絡清晰。又能以景寓情，情景交融，例如，表現愁苦之情，就用陰森的「虎嘯」和催人淚下的「猿啼」；要表現快樂之情，就寫「沙鷗翔集，錦鱗游泳」，不說喜而使人喜上眉梢。再加上擅用對比手法，增強感染力，如寫天氣，一陰一晴；寫湖面，一是「濁浪排空」，一是「波瀾不驚」；寫人的活動，一是「商旅不行」，一是「漁歌互答」。作者更把駢文擅用的對偶句結合散行句式，甚至有些地方還注意押韻，使文章讀起來抑揚頓挫，而富有音樂感。

蘇軾的超曠與誠摯

以大文豪形容蘇軾（1037-1101）是不夠全面的。我曾為他的畫像撰作一副對聯：

> 明月前身，幽光自發，頴杭密徐湖黃惠儋，安民功業垂青史；
>
> 奎星下世，風采飛揚，詩詞賦書畫醫策論，利道文章潤後人。

上聯寫他的行誼宦跡：其一生磊落高潔，散發潛德幽光，雖屢遭貶謫，卻不以個人得失為慮，所到之地，痌瘝在懷，成就無數安民功業。下聯寫他的才華學問：無論作詩填詞寫賦，還是書法繪畫，甚或醫學策論文章，都能垂式於後，潤澤未來。

蘇軾以天縱之姿，德才兼備，富有一種超曠和誠摯的人格魅力，故能於政治、文學、經學、史學、藝術、醫藥、水利、烹飪等都有傑出表現，成為中華文化史上劃時代的人物。就以蘇軾留下逾 3000 首詩詞為例，名章迴句特多，教人愛惜。略加舉說如下：

寫作年份 / 寫作地點	詩人年歲	篇名	名句
仁宗嘉祐六年(1061)赴鳳翔任途中	26	〈和子由澠池懷舊〉	人生到處知何似？應似飛鴻踏雪泥。
神宗熙寧七年(1074)赴密州途中	39	〈沁園春・孤館燈青〉	有筆頭千字，胸中萬卷；致君堯舜，此事何難！
神宗熙寧八年(1075)密州	40	〈江城子・密州出獵〉	會挽雕弓如滿月，西北望，射天狼。
神宗熙寧八年(1075)密州	40	〈江城子・乙卯正月二十日記夢〉	十年生死兩茫茫。不思量，自難忘。
神宗熙寧九年(1076)密州	41	〈水調歌頭〉	人有悲歡離合，月有陰晴圓缺，此事古難全。但願人長久，千里共嬋娟。
神宗元豐二年(1079)汴京御史台獄中	44	〈予以事繫御史台獄，獄吏稍見侵，自度不能堪，死獄中，不得一別子由，故作二詩授獄卒梁成以遺子由〉其一	是處青山可埋骨，他年夜雨獨傷神。與君世世為兄弟，結束來生未了因。
神宗元豐五年(1082)黃州	47	〈浣溪沙・遊蘄水清泉寺〉	誰道人生無再少？門前流水尚能西！休將白髮唱黃雞。
神宗元豐五年(1082)黃州	47	〈定風波〉	回首向來蕭瑟處，歸去，也無風雨也無晴。
神宗元豐五年(1082)黃州	49	〈念奴嬌・赤壁懷古〉	大江東去，浪淘盡、千古風流人物……江山如畫，一時多少豪傑。
神宗元豐五年(1082)黃州	49	〈臨江仙・夜歸臨皋〉	長恨此身非我有，何時忘卻營營？夜闌風靜縠紋平，小舟從此逝，江海寄餘生。
神宗元豐七年(1084)廬山	49	〈題西林壁〉	不識廬山真面目，只緣身在此山中。
哲宗元祐六年(1091)潁州	56	〈泛潁〉	吏民笑相語，使君老而癡。使君實不癡，流水有令姿。
哲宗元祐七年(1092)潁州	57	〈減字木蘭花〉	輕風薄霧，都是少年行樂處。不似秋光，只共離人照斷腸。

哲宗紹聖二年 (1094) 惠州	59	〈惠州一絕〉	日啖荔枝三百顆，不辭長作嶺南人。
徽宗元符三年 (1100) 瓊州海峽	65	〈六月二十日夜渡海〉	九死南荒吾不恨，茲遊奇絕冠平生。
徽宗建中靖國元年 (1101) 常州	66	〈夢中作寄朱行中〉	至今不貪寶，凜然照塵寰。

蘇軾超曠的理想與格調，誠摯的思想與情感，在其詩詞中俯拾即是。寫人生，則行止靡定，似飛鴻踏雪泥，輕風薄霧，都是少年行樂處；述志向，則致君堯舜，挽弓射天狼；念亡妻，則不思量，自難忘；思親弟，則但願人長久，冀世世為兄弟；說豁達，則休將白髮唱黃雞，江海寄餘生，不辭長作嶺南人；談哲理，則身在山中不識山，也無風雨也無晴；論生死，則九死南荒而不恨，死前自顧不貪寶，凜然照塵寰。

讀蘇軾的詩詞，足以淨化心靈，提升氣質。以上名句，宜細讀，宜品味，更宜參悟！

蘇軾的鶼鰈深情

蘇軾（1037–1101）的超曠與誠摯，使他獨步於文壇，他除了是中國歷史上詩書畫三絕的藝術全才，也擁有三段只羨鴛鴦不羨仙的良緣。在他筆下，寫盡了無限的愛戀深情。他與三位夫人的款款情深，演繹了愛情最好的模樣。

蘇軾一生與王姓有緣：第一位是元配夫人王弗（1039–1065），與蘇軾有一段「喚魚姻緣」，是恩愛夫妻，也是伴讀良友，可惜二十七歲便離世。第二位是續弦王閏之（1048–1093），她是王弗的堂妹，蘇軾在王弗去世三年後續娶她；王閏之性情溫順，對王弗的兒子蘇邁（1059–1119）視如己出，是一位賢妻良母，也深得蘇軾敬重。第三位是王朝雲（1063–1096），她是蘇軾的侍妾，本為歌伎出身，具藝術氣質，對佛教極有興趣，善於對細膩感情的把玩品味，是最能走進蘇軾精神世界的紅顏知己。

且看蘇軾如何描繪他們之間的愛情，分八項言之：

一、初見時的欣喜

> 記得畫屏初會遇。好夢驚回，望斷高唐路。燕子雙飛來又去。紗窗幾度春光暮。　那日繡簾相見處。低眼佯行，笑整香雲縷。斂盡春山羞不語。人前深意難輕訴。
>
> ——（〈蝶戀花・記得畫屏初會遇〉）

這首詞約作於宋仁宗（趙禎，1010–1063）嘉祐五年（1060）是蘇軾遠行時，思念妻子王弗所作。上片回憶了戀愛由初遇，歷破滅而思念的全過程。下片集中描寫他們之間最甜蜜的一次相遇，表現初見的美好。納蘭性德（1655–1687）〈木蘭花．擬古決絕詞柬友〉的名句：「人生若只如初見，何事秋風悲畫扇」，也許得其啟發而寫成。

二、遠行之思念

去年相送，餘杭門外，飛雪似楊花。今年春盡，楊花似雪，猶不見還家。對酒捲簾邀明月，風露透窗紗。恰似姮娥憐雙燕，分明照、畫梁斜。

——（〈少年遊．潤州作代人寄遠〉）

這首詞作於神宗（趙頊，1048–1085）熙寧七年（1074），蘇軾任杭州通判，因賑濟災民前往潤州，離家日久，思念家中的妻子王閏之，於是寫下此詞。蘇軾不直寫如何思念妻子，卻代入妻子的心情，極寫妻子如何思念他。他想像著妻子對花輕嘆，念叨著他「怎麼還不回家」，又想像妻子對著月亮思念自己的孤寂和悵惘，隱現《古詩十九首》中「行行重行行」和杜甫（712–770）〈月夜〉的深情和意韻。

三、愛在不言中

桃李溪邊駐畫輪。鷓鴣聲裏倒清尊。夕陽雖好近黃昏。香在衣裳妝在臂，水連芳草月連雲。幾時歸去不銷魂。

——（〈浣溪沙．春情〉）

這首詞上片描寫了情人約會的情景，下片則直接寫女子內心隱秘的愁情。全詞都是在寫春景，溪邊的畫輪、啼叫的鷓鴣、黃昏的落日，以及水、草、月、雲等，無一非景，而愛情恰就藏在這些景物中。正如王國維（1877 1927）在《人間詞話》所言：「一切景語皆情語」，相會的美好，已盡在不言中。

四、深情復繾綣

> 情若連環，恨如流水，甚時是休。也不須驚怪，沈郎易瘦，也不須驚怪，潘鬢先愁。總是難禁，許多魔難，奈好事教人不自由。空追想，念前歡杳杳，後會悠悠。凝眸，悔上層樓，謾惹起、新愁壓舊愁。向彩箋寫遍，相思字了，重重封卷，密寄書郵。料到伊行，時時開看，一看一回和淚收。須知道，這般病染，兩處心頭。
>
> ——（〈沁園春·情若連環〉）

這首詞寫的是女子思念情人。女子把相思遍寫在彩箋之上，重重封上，寄出信函。考慮到他走，時時開看，一看一回和眼淚收。要知道，這般相思的心病，充斥在兩人心頭。女子寫信，想著對方看信時情態，言淺味遠。蘇軾對女子心情的把握真是入木三分。這位豪放派始祖比起後輩婉約派李清照（1084–1155）的詞風，其款款心曲實有過之而無不及。

五、生死兩茫茫

> 十年生死兩茫茫。不思量，自難忘。千里孤墳，無處

話淒涼。縱使相逢應不識，塵滿面，鬢如霜。夜來幽夢忽還鄉。小軒窗，正梳妝。相顧無言，惟有淚千行。料得年年腸斷處，明月夜，短松岡。

——（〈江城子．乙卯正月二十日夜記夢〉）

這是蘇軾最廣為傳誦的悼亡詞，寫於熙寧八年（1075）密州任上。十年前，蘇軾與妻子王弗生死相隔，十年後，蘇軾思念茫茫。某一夜，蘇軾突然夢到了她，於是寫下此詞：妻子走了十年，為夫從來沒有將你忘懷，千里之外那座遙遠的孤墳啊，竟無處向你傾訴滿腹的悲涼。縱然夫妻相逢你也認不出我，我已經是灰塵滿面、兩鬢如霜。全首詞以虛寫實，虛中見實，雖寫夢境的虛幻與縹緲，卻反映詞人的情深意切，難怪成為千古絕唱。可見，蘇軾將內心的深情都給了王弗。

六、平淡的相伴

春庭月午，搖蕩香醪光欲舞。步轉回廊，半落梅花婉娩香。輕雲薄霧，總是少年行樂處。不似秋光，只與離人照斷腸。

——（〈減字木蘭花．春月〉）

這是蘇軾在潁州知州任上寫與第二任妻子王閏之的一首詞。王閏之是王弗的堂妹，作為照顧蘇軾日常生活的續弦，陪伴蘇軾走過仕途顛沛的人生低谷，辛勤持家二十五年，是蘇軾後顧無憂的賢內助，既能呵護堂姊留下的幼兒，也撫養自己後來生的蘇迨（1070-1126）和蘇過（1072-1123），三子如一，皆同己出。她去世時，蘇軾親自寫了〈祭亡妻同安郡君文〉，承諾「唯有同穴，尚蹈此言」。這樣長久相伴的愛情，是可敬復可貴的。

七、相知亦相守

> 花褪殘紅青杏小，燕子飛時，綠水人家繞。枝上柳綿吹又少，天涯何處無芳草？牆裏鞦韆牆外道，牆外行人，牆裏佳人笑。笑漸不聞聲漸悄，多情卻被無情惱。
>
> ——（〈蝶戀花〉）

有說本詞是哲宗（趙煦，1077–1100）紹聖元年（1094）或二年（1095）謫貶嶺南時的作品。蘇軾長於豪放，亦最擅婉約，本詞寫春景清新秀麗，同時，景中又有情理，我們現在仍用「何處無芳草（知己）」以自慰自勉。蘇軾一生總是「多情卻被無情惱」，後來被貶到惠州，朝雲不離不棄，每唱及此詞，想起愛郎的顛沛流離，即淚如雨下，令蘇軾憐愛不已。據云朝雲死，蘇軾再不聽唱此詞，可見愛情中彼此相知的珍貴。

八、相約一千年

> 輕汗微微透碧紈，明朝端午浴芳蘭。流香漲膩滿晴川。彩線輕纏紅玉臂，小符斜掛綠雲鬟。佳人相見一千年。
>
> ——（〈浣溪沙・端午〉）

哲宗紹聖二年（1095）的端午節，幾經宦海浮沉的蘇軾在被貶到惠州的第二年，看著與自己患難與共的紅顏知己朝雲，他欣喜的寫下這首小詞。承諾千年之後再相見，這是怎樣的一種海誓山盟？可惜朝雲卒於惠州，時年三十四歲，葬於棲禪寺東南。由於朝雲彌留之時，還口誦《金剛經》「一切有為法，如夢幻泡影。如露亦如電，應作如是觀」四句偈語，寺僧在其墓上築「六如亭」以為紀念。傳蘇軾並親手寫下楹聯：

不合時宜，惟有朝雲能識我；

獨彈古調，每逢暮雨倍思卿。

這段跨越千年之愛戀，至今仍為佳話。

元配、續弦、知己，這三位佳人，陪伴著蘇軾走過宕蕩不平的人生。這三段真情，溫暖了蘇軾多情又豁達的襟懷；這三份信守，確立了蘇軾成為中華文化史上劃時代人物的地位。蘇軾與三位夫人的鶼鰈深情，觀照出人世間最誠摯的愛情。

含蓄蘊藉、饒富理趣：談蘇軾〈和子由澠池懷舊〉

宋仁宗（趙禎，1010–1063）嘉祐元年（1056）蘇洵（1009–1066）帶領兩個兒子蘇軾（1037–1101）、蘇轍（1039–1112）至京應考，途中路過澠池縣（今河南澠池縣西），在奉閒和尚（生卒年不詳）的僧寺投宿，並題詩壁上。嘉祐六年（1061）冬，蘇軾赴鳳翔任官，弟蘇轍送他，到了鄭州（今河南省會）分手。蘇軾到了澠池時，接到蘇轍寄來一首七言律詩〈懷澠池寄子瞻兄〉，詩云：「相攜話別鄭原上，共道長途怕雪泥。歸騎還尋大梁陌，行人已度古崤西。曾為縣吏民知否？舊宿僧房壁共題。遙想獨遊佳味少，無言騅馬但鳴嘶。」蘇軾即依其原韻作了此詩。

蘇轍原詩的基調是懷舊，因為他曾被任命為澠池縣的主簿，後來和兄軾隨父同往京城應試，又經過這裏，有訪僧留題之事。所以在詩裏寫道：「曾為縣吏民知否？舊宿僧房壁共題。」他覺得，這些經歷真是充滿了偶然。如果說與澠池沒有緣份，為何總是與它發生關聯？如果說與澠池有緣份，為何無法逗留稍長的時間？這就是他詩中的感慨。

蘇軾這首詩既然是和詩，所以第二、四、六、八句用的韻腳「泥」、「西」、「題」、「嘶」與蘇轍原詩相同。

> 人生到處知何似？應似飛鴻踏雪泥。泥上偶然留指爪，鴻飛那復計東西。老僧已死成新塔，壞壁無由見

粵語音頻

普通話音頻

舊題。往日崎嶇還記否，路長人困蹇驢嘶。

第一、二句「人生到處知何似？應似飛鴻踏雪泥」一問一答，破空而来，落想神奇。蘇轍原詩前兩句「相攜話別鄭原上，共道長途怕雪泥」是寫實的，作者卻用虛擬回應，指出人生經歷過的種種，不過像飛鴻踏過雪泥。作者把人生到處比喻為「飛鴻踏雪泥」，這個從來沒有人用過的比喻，生動、新穎地將他對人生的感悟寄寓而出。當日兄弟二人分手，也正像飛鴻一樣，來去匆匆、無有定所，於是一種深沉濃烈的離情別緒和漂泊感便油然而生。

第三、四句頷聯「泥上偶然留指爪，鴻飛那復計東西」，是對前兩句比喻的進一步補充，說明人生只不過是一場蹤跡無定的旅程，當飛鴻遠去之後，除了在雪泥上偶然留下幾處爪痕之外，又有誰會管牠是要向東還是往西呢？飛鴻從踏過的雪泥上飛走，留下的指爪印跡也很快因冰雪消融而不見，讓人懷疑所有的一切是否真的存在過，其實人生也就是如此，既短暫，也難測。

這四句不但理趣十足，從寫作手法上來看，也頗有特色：第一句結尾是「知何似」，下句開頭即以「應似」承接，而結尾是「泥」字，第三句即以「泥」字開頭。第二句出現的「飛鴻」，在第四句又以「鴻飛」開頭，皆起到環環相扣的作用。「應似」與「何似」、「泥上」與「雪泥」、「鴻飛」與「飛鴻」等詞，重複錯落，讀來音韻和諧，節奏流暢。三、四句頷聯本應對仗，作者在此不求工而自工，文意承上直說，本身也有承接關係，文字飄逸，內涵豐富，行文有氣勢。紀昀（1724-1805）評說：「前四句單行入律，唐人舊格；而意境恣逸，則東坡之本色」，實是知音者的說話。

第五、六句頸聯「老僧已死成新塔，壞壁無由見舊題」，蘇軾兄弟與奉閑和尚接觸，是五年前的事，短短五年，卻是僧已死、壁已壞！僧人死後不用墓葬，一般是火化後造一小塔以藏骨灰，所以說「成新塔」。如果說前四句是發表議論，那這兩句就是寫實。老僧、新塔、壞壁、舊題這些意象既是懷舊，又表示時間流逝、人事變遷的感慨。相隔五年，「老僧」和「舊題」已成追憶，人生竟然如此短促和無常，正如飛鴻踏過雪泥，偶然留下一些爪痕，很快便消逝無影無蹤一樣。

第七、八句「往日崎嶇還記否，路長人困蹇驢嘶」，作者在此兩句自注：「往歲馬死於於二陵，騎驢至澠池。」這是針對蘇轍原詩「遙想獨遊佳味少，無言騅馬但鳴嘶」而引發的往事追溯。作者問弟弟可曾記得當年第一次由蜀入京，路過二陵（指西陵和北陵，是澠池縣西崤山的兩座大山）時，原乘的馬累死了，於是改乘驢子，在崎嶇道路上跋涉，路又長，人又困頓，那匹跛足的老驢也累得不斷地仰頭嘶鳴。作者這一回顧，固然有抒發對人生動蕩無常的感慨，但其間也表示兄弟二人，風雨同行，頂風冒雪、奮然前行，為理想而奮鬥的積極精神。

整首詩，前四句議論說理，後四句記敘抒情，將兄弟離合的情誼昇華為對人生境況的思考，饒富理趣。同時，詩中意象優美，既有濃郁的詩情，又含蓄蘊藉，發人深省，說理而不落理障。這種理趣增加了詩歌的厚重感，耐人尋味。加上運筆自然，不受格律的束縛，不求工而自工，所以能成為七律的名篇。

家傳戶誦的中秋詞

中秋，是中國人懷有特殊情感的節日。一家人聚在一起吃月餅，敘天倫，何其快樂。有些親人、朋友或在異鄉，到中秋之時，共看分外明的圓月，心底也平添一點慰藉。幾年前的中秋夜，筆者在延安楊家嶺的窑洞賓館度中秋，有詩云：「百盞紅燈對月儔，輕寒窑洞度中秋。蘇詞興寄平生意，玉宇天涯未許留。」當時筆者對月高聲朗誦蘇軾（1037-1101）的〈水調歌頭〉》，情靈搖蕩，寄興無端。

蘇軾這首詞，向來被視為中秋詞最好的作品，作於宋神宗（趙頊，1048-1085）熙寧九年（1076）丙辰年的中秋節。當時他在密州（今山東諸城）任太守。詞前的小序交待了寫作的過程：「丙辰中秋，歡飲達旦，大醉，作此篇，兼懷子由。」蘇軾兄弟情誼甚篤，他與蘇轍在潁州分別後有詩云：「咫尺不相見，實與千里同，人生無離別，誰知恩愛重。」（〈潁州初別子由〉）此時，兩兄弟睽違六年，自然想念甚殷。面對中秋圓月，歡飲大醉後的落寞，自然興起懷人之思。究其實，卻是一種對官場失意和宦途險惡體驗的昇華與總結。

試看這首中秋詞：

明月幾時有？把酒問青天。不知天上宮闕，今夕是何年。我欲乘風歸去，又恐瓊樓玉宇，高處不勝寒。起舞弄清影，何似在人間！　轉朱閣，低綺戶，照無

水調歌頭

眠。不應有恨，何事長向別時圓？人有悲歡離合，月有陰晴圓缺，此事古難全。但願人長久，千里共嬋娟。

這首家傳戶曉的名作，不知慰藉多少人的心靈。

蘇軾有一首歌行體的中秋詩是和弟的作品，題為〈中秋見月和子由〉。詩云：

明月未出群山高，瑞光千丈生白毫。一杯未盡銀闕湧，亂雲脫壞如崩濤。誰為天公洗眸子，應費明河千斛水。遂令冷看世間人，照我湛然心不起。西南火星如彈丸，角尾奕奕蒼龍蟠。今宵注眼看不見，更許螢火爭清寒。何人艤舟臨古汴，千燈夜作魚龍變。曲折無心逐浪花，低昂赴節隨歌板。（是夜，賈客舟中放水燈。）青熒滅沒轉前山，浪颭風回豈複堅。明月易低人易散，歸來呼酒更重看。堂前月色愈清好，咽咽寒螿鳴露草。捲簾推戶寂無人，窗下咿啞惟楚老。（近有一孫，名楚老。）南都從事莫羞貧，對月題詩有幾人。明朝人事隨日出，恍然一夢瑤台客。

寫月出至月落，情景交錯，氣格高蹈。

筆者於 2012 年的中秋夜依韻和之，曰：

去年素月憑欄高，今年心事難剖毫。東邊月升西邊落，萬古不息同奔濤。卅載如牛為孺子，濯纓濯足滄浪水。青年憤世猶可為，自甘幽閉呼難起。進學生徒如走丸，待看龍飛自泥蟠。天妒娥眉雲四合，吟懷寂寂到廣寒。憶昔蘇子初臨汴，時文磔裂亟須變。驚才卓識壓同群，曠達新詞促牙板。中秋眾作案牘前，深回咀嚼味益堅。窗外艟艨燈光散，疑是星辰海上看。清景暫留人願好，南天恆暖無衰草。料得釣島月明明，證此人間情未老。國力豈似舊時貧？莫忘菊劍細論人。何時巨艦旂幢出？勢遏倭魂顧海客。

時釣魚島問題屢起，國人討論不已，撫今追昔，有感而賦。

說回蘇軾的中秋詞，詞分上、下兩片。上片借詠月抒發內心出世與入世的思想矛盾。詞人落筆奇特，極富浪漫色彩。首二句「明月幾時有？把酒問青天」，用李白（701–762）〈把酒問月〉「青天有月來幾時？我今停杯一問之」之意，像是追溯明月的起源、宇宙之伊始。凡問，有不知而問，也有明知故問。詞人接下的兩句，並無就前問作答，相反進一步設疑，「天上宮闕」承「明月」，「今夕是何年」承「幾時有」，使疑問愈趨深邃，益發令人思考。詞人的問題就如屈原（約前 343– 約前 278）〈天問〉一樣得不到回應，自然產生「我欲乘風歸去」的衝動，探個究竟。李白被賀知章（659–744）稱為「謫仙人」，詞人於此有自比之意。蔡絛（1097–1161）的《鐵圍山叢談》說：「東坡公昔與客遊金山，適中秋夕，天宇四垂，一碧無際，加江流澒湧，俄月色如晝，遂共登金山山頂之妙高臺，命（袁）綯歌其〈水調歌頭〉曰：『明月幾時有，把酒問青天。』歌罷，坡為起舞，而顧問曰：『此便是神仙矣。』」從詞人的想象中，既有神仙之感，當然能御風回歸天上，看看人間「今夕」又是天上的何年？詞人這種脫離人世、超越自然的奇想，一方面來自他對宇宙奧秘的好奇，更主要的是來自對現實人間的不滿。人世間有如此多的不如意事，迫使詞人幻想擺脫人世，往瓊樓玉宇中過那逍遙自在的神仙生活。畢竟，詞人不同李白，李白一旦幻想起來，便能忘懷現實「遊仙」而去，詞人相對是現實的，他害怕天上「瓊樓玉宇」儘管美好，可是「高處不勝寒」，不適合人居，倒不如在人間起舞，自弄清影。就這樣，詞人營造了一種似人間而又非人間的意境，和一種既醉欲醒徘徊于現實與理想的感覺，既矛盾，而又統一。這不單揭示出詞人本身的心路歷程，也是他面對肅殺的政治氛圍，而能在失意中表現出人所不能的豁達。詞人這種表達方法，贏得後人仿效，如黃庭堅（1045–1105）〈水調歌頭〉（瑤草一何碧）：「我欲穿花尋路，直入白雲深處，浩氣展虹霓。只恐花深裏，紅露濕人衣。」又如趙秉文（1159–1232）〈水調歌頭〉（昔擬栩仙人王雲鶴贈予詩云，寄與）：「我欲騎鯨歸去，只恐神仙官府，嫌我醉時真。笑拍群仙手，幾度夢中身。」

詞的下片寫望月懷人，即兼懷子由，同時感念人生的悲歡離合。前三句「轉朱閣，低綺戶，照無眠」，看似寫月，實是寫月下徘徊良久的無眠之人。「轉」、「低」、「照」，三個動詞精確地描繪明月的移動過程。「不應有恨，何事長向別時圓」，以質問的口氣，抒發佳節思親的心情。然而，詞人是曠達的，他能於痛苦的思念中自我解脫，「人有悲歡離合，月有陰晴圓缺，此事古難全」，正是自我解脫之詞，也撫慰著千古以來離人的心。結尾兩句，更是給人以希望的祝福，「但願人長久」，是要突破時間的局限，「千里共嬋娟」，是要突破空間的阻隔，表現出詞人已將對弟弟的愛和祝福，提高到對人生、對世人的愛和祝福。這種博大的精神境界，自然產生極大的魅力，感人肺腑，扣人心絃。

全詞以詠月貫穿始終，把描寫、抒情、議論串聯成有機的整體。上片由嚮往月宮、超塵出世起，以留戀人間結；下片由憂離怨別起，以寬解離別結。心理的變化，曲折細膩。陳廷焯（1853–1892）《白雨齋詞話》說：「詞至東坡，一洗綺羅香澤之態，寄慨無端，別有天地。」細讀本詞，自有深刻體會。全詞設景清麗雄闊，結構嚴謹而跌宕有致。詞人在上、下片各用了一個「月」字，但描寫、抒情、議論無不因「月」而展開，而且下筆遒勁，境界開闊，於豪邁放曠之外，別有空靈飄逸的神韻，說它是詞中精品，實當之無愧。胡仔（1110–1170）《苕溪漁隱叢話》說：「中秋詞自東坡〈水調歌頭〉出，餘詞盡廢。」信哉斯言！

意境開闊、音韻沉雄：周邦彥〈西河 · 金陵懷古〉賞析

學海書樓為紀念羅慷烈教授（1918–2009）對國學界的貢獻，繼陳湛銓（1916–1986）、蘇文擢（1921–1997）教授紀念講座之後，在大會堂舉辦「羅慷烈教授紀念講座」。羅教授是當代著名詞人，在古韻文研究方面卓有成就。筆者在香港大學攻讀碩士和博士時，羅教授已退休，無緣親炙。羅教授是研究周邦彥（1056–1121）詞的權威，著有《周邦彥清真集箋》。這裏介紹周邦彥的名作〈西河 · 金陵懷古〉，亦是對羅教授的懷念。

周邦彥，字美成，晚年自號清真居士。浙江錢塘（今浙江杭州市）人。少年落魄不羈，後在太學讀書，因獻〈汴京賦〉而被宋神宗（趙頊，1048–1085）賞識，擢為太學正。哲宗（趙煦，1077–1100）時任廬州（今安徽合肥）教授、知溧水縣（今江蘇縣名）、國子主簿、秘書省正字。徽宗（趙佶，1082–1135）時先後為校書郎、考功員外郎、大晟府提舉等。晚年再轉州府，最後任南京鴻慶宮提舉，卒於齋廳，年六十六。

周氏精通音律，創制不少新詞調。他的詞承接柳永（987–1053），多寫男女之情和羈旅離愁，市井氣少而宮廷氣多，而且長於鋪敘，言情體物，窮極工巧，又善於熔鑄前人詩句，辭藻華美，音律和諧，具有渾厚、典麗、縝密的特色，是婉約派和格律派的集大成者。

西河 · 金陵懷古

粵語音頻

普通話音頻

〈西河〉是詞調的名稱。王灼（1105–1160）《碧雞漫志》記載唐大曆（766–779）初，有樂工取古〈西河長命女〉加減節奏而成新聲，又稱它入大石調，聲調奇古。周氏《清真集》標明這一闋〈西河〉入大石調，共一百零五字。分三疊，第一、二疊各四仄韻，第三疊五仄韻。

> 佳麗地，南朝盛事誰記？山圍故國遶清江，髻鬟對起。怒濤寂寞打孤城，風檣遙度天際。　　斷崖樹，猶倒倚，莫愁艇子曾繫。空餘舊跡鬱蒼蒼，霧沉半壘。夜深月過女牆來，傷心東望淮水。　　酒旗戲鼓甚處市？想依稀、王謝鄰里。燕子不知何世，向尋常巷陌人家，相對如說興亡，斜陽裏。

羅慷烈教授說本詞是周邦彥於溧水任內（1093–1096，時38至41歲）的作品。由於當時朝廷對地方官吏限制不嚴，周氏閒時出遊，不止於溧水一地。今存建康、江寧、茅山、琴川等地方志，均載有周氏作品。本詞收錄在《建康志 · 樂府》內，亦可印證羅教授的說法可信。

全首詞分作三片：上片起調至「風檣遙度天際」，寫金陵山川形勝；中片由「斷崖樹」至「傷心東望淮水」，寫金陵古跡並發出憑弔；下片由「酒旗戲鼓甚處市」至末尾，寫眼前景物及朝代更替的興亡之感。

上片開首兩句扣緊題目，為全詞的「總綱」，以「佳麗地」

橫空發端，點出題目「金陵」二字，接下「南朝盛事誰記」一句，照應題目「懷古」二字；兩句一揚一抑，前句將金陵推上了歷史所賦予的令人艷羨的地位，後句帶出歷史興亡的無限蒼涼之感。詞人接下來並無交待「南朝盛事」的史實，純以寫景説情。「山圍」四句檃括劉禹錫（772–842）〈石頭城〉「山圍故國周遭在，潮打空城寂寞回」詩意，寫金陵有山圍、江遶的雄偉屏障，而清江兩岸亦奇峰秀麗，只可惜人事變遷，孤城寥落；詞人將「寂寞」的感受轉向「怒濤」，説怒濤寂寞而拍打孤城，這種擬人化的效果，大大加強了物猶如此，人何以堪的感覺。此時，征帆遠去，就更為眼前景色，塗上一層淒然冷漠的色調。

中片起兩句「斷崖樹，猶倒倚」亦突兀，斷崖倒樹，觸目荒涼，著一「猶」字，更添滄桑感；而此乃「莫愁艇子曾繫」的地方。詞人巧妙化用南朝樂府〈莫愁樂〉「莫愁在何處？莫愁石城西。艇子打雙槳，催送莫愁來」，呼應上片「南朝盛事」。當年莫愁女在這裏笙歌鼓舞；如今卻「空餘舊跡鬱蒼蒼，霧沉半壘」，這種物是人非的情景，令人感觸。詞人再用劉禹錫〈石頭城〉「淮水東邊舊時月，夜深還過女牆來」的詩境，寫出月影移動，詞人獨立蒼茫，東望淮水，不禁呼出撼人肺腑的「傷心」二字。

下片開始，又與中片末的冷寂氣氛不同，「酒旗戲鼓甚處市」，既呼應上片「佳麗地」，也具體地回應昔時盛事，如酒簾飄飄，樂鼓咚咚的一片喧鬧景象。如今的情景，已大不如前。「想依稀」以下數句，詞人化用了劉禹錫〈烏衣巷〉「舊時王謝堂前燕，飛入尋常百姓家」的詩境，以特寫鏡頭，寫燕子從望族的高堂，飛向普通街巷的人家，在夕陽的餘暉裏，相對呢喃。燕子無知之物，自然「不知何世」，牠的呢喃之聲，亦本無深意，然而在詞人聽來，竟勾起古城盛衰之感，由人及物，則燕語呢喃，亦「如説興亡」了。

全詞懷古傷今，將現實和幻想交織，景色虛實並舉，疏密遠近相間，意境開闊，又善於融化古人詩句，一如己出，寫來疏蕩而悲涼，氣韻沉雄，與王安石（1021-1086）〈桂枝香〉堪稱雙璧，為懷古詞中的佳作。

辛棄疾〈青玉案・元夕〉清麗婉約

本文介紹南宋大詞人辛棄疾（1140–1207）的一篇名作〈青玉案・元夕〉，是篇也是文憑試指定文言經典之一。

辛棄疾，字幼安，自號稼軒居士，歷城（今山東濟南）人。他出生時，山東已陷於金。年二十三，率義軍數千人渡江歸宋。歷任湖北、湖南、江西、福建、浙東安撫使等職，以龍圖閣待制致仕。中間兩遭落職，晦跡林泉，陶情歌酒者，前後二十年。寧宗（趙擴，1168–1224）開禧三年（1207）六十八歲卒。

〈青玉案・元夕〉這首詞，約寫於四十九歲以前的正月十五日元宵燈節，以繁華熱鬧的場面作為背景，描繪在遊人中一個孤高、淡泊、自甘寂寞的女子形像。原詞是：

> 東風夜放花千樹，更吹落、星如雨。寶馬雕車香滿路。鳳簫聲動，玉壺光轉，一夜魚龍舞。　　蛾兒雪柳黃金縷，笑語盈盈暗香去。眾裏尋他千百度；驀然迴首，那人卻在、燈火闌珊處。

這首詞分上、下兩片。上片描繪元夕繁華熱鬧的景象。一

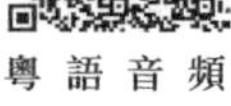

粵語音頻

普通話音頻

青玉案・元夕

落筆即以比喻法寫彩燈的繁多艷麗，好像被東風一下吹開的千樹萬樹的花朵。再形容風吹燈火晃動之狀，好像萬點繁星如雨點般吹落到人間。接下寫人們紛紛出來觀燈的盛況，富貴人家乘坐著裝飾華麗的車馬來來往往，充滿豪華氣派，衣香鬢影，使得滿街香噴噴。「鳳簫聲動，玉壺光轉，一夜魚龍舞」三句，用「動」、「轉」、「舞」三個動態詞，描繪人們歡度元宵的熱鬧情景：美妙的簫聲四起，光耀奪目的玉壺燈在閃耀，藝人一整夜狂熱地表演著各式各樣的魚龍百戲。由魚龍燈的飛舞，看出表演者的落力，更可推想周圍觀賞人的熱烈投入之狀。

詞的下片筆調一轉，以白描的手法，勾勒出一位詞人渴求的與眾不同的女子形象。這位女子出場之前，先寫一群戴著鬧蛾兒，插著雪柳，鬢邊垂下鵝黃色的柳絲的士女們，也在元夕燈節結伴而遊，她們打扮入時，經過詞人的身邊，飄散出一股像梅花那樣淡幽幽的香氣。這時，詞人也許在一霎眼間發現士女群中一位清麗脫俗的女子，也許那群士女中跟本沒有他愛慕的對象，他惟有在「眾裏」焦急地找來找去，不知找了多少遍，依然見不到她的踪影。「驀然迴首，那人卻在、燈火闌珊處」三句，是說當詞人正感到絕望的時候，偶爾回過頭來，忽然發現她就站在那燈火稀落的僻靜之處。這個意外的發現，給詞人帶來無比歡快之情，也給讀者以深深的回味。人們都追逐繁華熱鬧之處，她卻與眾不同，喜歡獨自一人走到偏僻冷落的地方，原來詞人所追慕的這位美人，竟是一位不慕繁華、自甘寂寞的獨特人物。

自屈原（約前 343– 約前 278）開始，詩人都喜歡用香草美人寄寓政治懷抱。辛棄疾這首詞，無疑胎息自〈離騷〉。屈原在〈離騷〉中五次「求女」，是以虛構的靈魂神遊天上，他心目中的「美女」，可能是自己的理想，也可能是「賢君」、「賢臣」。

辛棄疾利用整首詞構築一個藝術意境，含而不蓄地表達自己的心志，他以元宵燈節所見進行藝術創造，並以此寄託一己懷抱。他尋找的「那人」，是他個人理想的化身，還是能旋乾轉坤的「賢君」、「賢臣」，值得尋味。可能在辛棄疾的心中，面對國家的內憂外患，則「個人理想」與「賢君」、「賢臣」是融合起來了。因為在當時的環境下，能達致個人理想，必要有「賢君」的支持；國家出現賢君，才會「親賢臣，遠小人」，使賢臣得以大展抱負。

辛棄疾一般被稱為豪放派詞人。他的詞，慷慨悲壯，筆力沉雄。但作為宋詞大家，辛詞的藝術風格多樣，豪放與婉約兼擅。這首〈青玉案〉，正反映辛詞清麗婉約的一面。作者以比興手法託物寄意，用筆細密，柔婉之中又隱然有清剛之氣。由於詞的章法起伏跌宕，意境含蓄深遠，纖濃之外別具高格，朗誦的時候毫無軟弱的感覺，依然顯露出辛詞的雄豪本色。

〈青玉案〉的「案」怎樣讀？

辛棄疾的〈青玉案．元夕〉屬千古名篇，入選高中中國語文課程十二篇文言經典「宋詞三首」之內。某出版社的教師用書指出：「〈青玉案〉：詞牌名。出自東漢張衡的〈四愁詩〉詩句『美人贈我錦繡段，何以報之青玉案』，一說『案』為『短腳盤子』、一說『案』即『碗』，如《白香詞譜》中提到『案同碗，青玉碗，盛酒之具也，唐人詩多引用之』，主此說者以〈青玉案〉的『案』應讀作『碗』。」編者沒有肯定「案」應怎樣讀，是模稜兩可的做法。我問教文學的老師，他說讀「碗」。

〈青玉案．元夕〉這首詞也經常在誦壇出現，校際朗誦節的誦材曾指明讀作「碗」，據說是已故林蓮僊博士（曾擔任校際朗誦節顧問多年）提供誦材時堅持的；筆者當教師時曾以此詢問業師蘇文擢教授（1921–1997），蘇老師說：「唔駛咁滯，為乜嘢唔可以照原讀。」蘇老師的意見仍應讀「按」，但誦材既已規定，就無謂自找麻煩了！

「案」音「碗」的說法，最早見於北宋曾鞏（1019–1083）的《後耳目志》，其書已佚，明代陶宗儀（1329–1410）《說郛》卷二十四下輯錄其言：「孟光舉桉齊眉，俗直謂几桉耳。呂少衛語林少穎：『案乃古盌字，故舉盌與眉齊耳』。張平子〈四愁詩〉：『何以報之青玉案』，謂青玉盌耳。若此類，皆不可以習熟，忽而不考，為識者所哂。」元末劉履（字坦之，生卒年不詳）《選詩補注》亦云：「劉坦之《補注》謂：『玉案，器之貴重者。

《楚漢春秋》淮陰侯日：「漢王賜臣玉案之食。」』蓋案字即古盌字。《說文》：『盌，小盂也。烏管切。』徐鉉日：『今俗別作椀，非是。』然則平子亦謂青玉盌耳。俗謂傳椀日案酒，亦此義。如漢高帝至趙，趙王張敖自持案進食，甚恭。又許後五日一朝太后，親奉案上食。又孟光為鴻具食，舉案齊眉。凡此皆盌也，不，則何能持舉耶？」（收錄於吳景旭（明末清初人，生卒年不詳）《歷代詩話》卷二十八）綜合曾鞏、劉履所持理由有二：一、「桉」是古「盌」字，即「椀」（碗）；二、「案」過大過重，不能持舉，只有「椀」才能持舉。

明代楊慎（1488-1559）於《丹鉛餘錄．總錄》「孟光舉案」條記載答友人劉東阜青玉案是何物之問時，引林少穎之說云：「案，古椀字也，青玉盌也。南京人謂傳碗日案酒，此可以證。又孟光舉案，恆與齊眉，亦言進食舉椀，若是案卓，何能高舉？」但他在《升菴集》卷五十二卻說：「古詩青玉案，即盤也。今以案為卓（桌），非。孟光舉案即盤也。若今之卓子，豈可舉乎？」楊慎的說法前後矛盾，未知孰是？其後王世貞（1526-1590）批評楊說，是針對《丹鉛餘錄》的記述，也許未及見《升菴集》的不同意見。

青玉水仙花雙耳碗

就否定「案」音「碗」的問題上，明代王世貞（1526–1590）說法最有針對性，他在《弇州四部稿》卷一百五十八說：「孟光舉案齊眉，按《說文》『几屬也』。楊用修（筆者案：楊慎，字用修）引張平子『何以報之青玉案』，謂以為青玉盌，且云一婦人安能舉案，則用修以案為今之案卓耳。以案作盌，尤無據。按《楚漢春秋》淮陰侯謝武涉：『漢王賜臣玉案之食。』以今度之，想是玉盤而下有足者曰玉案，故《說文》以為几屬耳。或於案中別寘器或徑寘食。若孟光則力能舉石臼，而況一案乎？」王氏批評楊慎誤將「案」為「案桌」，其實「案」是「有足的盤」；又指前人以「案」為「盌」，純屬猜度無據。稍後的彭大翼（1552–1643）在其《山堂肆考》卷九十四中亦持此說。清代王念孫（1744–1832）《廣雅疏證・釋器》進一步說：「古人持案以進食，若今人持承盤。《漢書・外戚傳》云『許後朝皇太后，親奉案上食』是也。亦自持案以食，若今持酒杯者並盤而舉之。《鹽鐵論・取下篇》云『從容房闈之間，垂拱持案而食』是也。凡案，或以承食器，或以承用器，皆與几同類，故《說文》云：『案，几屬。』」

至此，青玉案的「案」，有認為讀「碗」，有支持原讀，究何者為是？

西漢史游（漢元帝時宦官，生卒年不詳）《急就篇》卷三記載各種不同的器皿：「槫、杅、槃、案、杯、問、盌。」顏師古（581–645）注云：「槫，小桶也，所以盛鹽豉；杅，盛飯之器也，一曰齊人謂盤為杅，無足曰盤，有足曰案，所以陳舉食也。杯，飲器也，一名𧮾；問，大杯也；盌，似盂而深長，盌字或作椀，其音則同。」案和槃（即盤）都用以擺放食具，便於移動持舉，其區別在於「有足」和「無足」。由此可見，漢代的案，是一種承托食物的有足托盤。《急就篇》既將「案」與「盌」（椀）

並列，正說明二者不同。

據學者考證，「案」的發展至周代後期，由於用途不同，已出現兩種不同的形制，一是較大的几案，用以書寫、閱讀、進食等；另一種就是承載食物的托盤，「舉案齊眉」的案便是後一種。筆者曾在陝西歷史博物館、湖北博物館都看過這類出土的「食案」，像端飯菜使用的托盤，長方形，長約五十厘米，寬約二十厘米，四周有邊框，短腳。此外，如四川成都漢墓、江蘇洪樓漢墓出土的漢畫像石、磚，都清晰可見當日宴飲時的食案，讀者大可參考。

綜上所言，青玉案的「案」，既有文獻和出土文物的證據，硬將「案」說成「椀」，並要求讀作「碗」，是不合理的。因此，「案」，應作原讀，音「按」。

江蘇洪樓漢墓出土的《迎賓宴飲圖》畫像石

愛國詩人的情詩：陸游〈沈園〉二首

愛國家、愛民族，如同愛自己的親人一樣，是自然而然的。只有喪心病狂的人，才會出賣親人，否定國家民族。

詩是最真實感情的產物，又是語言文字最凝鍊的高度藝術品。只有觸角敏鋭、情感豐富、文字造詣深邃的人才足擔起「詩人」的名字。

陸游（1125–1210），是南宋前期愛國詩壇的代表人物，是繼屈原（約前 343– 前 278）、杜甫（712–770）之後，又一偉大的愛國詩人。他在八十六歲臨終前留下的絕筆詩〈示兒〉，相信沒有一個中國人不讀過，沒有不受其感動。

陸游除了愛國詩外，愛情詩也是情深繾綣的，這裏介紹他的二首七言絕詩〈沈園〉。

沈園，舊址在今浙江省紹興市禹跡寺南。陸游二十歲左右與表妹唐琬（1128–1156）結婚，感情很好，因不容於陸母，被迫離婚。後唐氏改嫁趙士程（生卒年不詳），陸游亦另娶王氏。高宗（趙構，1107–1187）紹興二十五年（1155），三十歲的陸游在沈園與唐琬偶然相遇，彼此傷感。陸游題〈釵頭鳳〉一詞於壁。唐氏見後亦奉和一首，從此鬱鬱寡歡，不久便抱恨而死。

沈園的見面，給陸游留下了終身的痛苦，對唐琬的思念伴隨著他的一生。寧宗（趙擴，1168–1224）慶元五年（1199）春，陸游七十五歲重遊沈園，仍然感到和唐琬最後一次見面還像是昨天的事情一樣，記憶猶新。只是園已三易其主，亭台池閣已

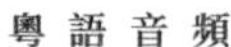
粵語音頻

普通話音頻

〈沈園〉二首

衰敗。當年那首〈釵頭鳳〉，經風吹雨蝕，字跡斑駁已經難以辨認了。舊地重遊，不免觸景傷情，回憶起四十年前的傷心往事，寫下了這兩首〈沈園〉詩。

> 城上斜陽畫角哀，沈園非復舊池台。傷心橋下春波綠，曾是驚鴻照影來。
>
> 夢斷香消四十年，沈園柳老不吹綿。此身行作稽山土，猶弔遺蹤一泫然。

第一首詩寫回憶沈園相逢之事，從現在寫到過去。「城上斜陽畫角哀」，詩人一落筆，即表現出沉重的心情。詩人舉目遠望，太陽已經西斜，對於一位七十五歲的老人，更添遲暮之感。這時候，不知從那裏傳來畫角的聲音，就更顯得哀切了。畫角，即彩繪的軍用號角，古時用以發號施令或振氣壯威，其聲高亢雄壯。「沈園非復舊池台」，非復，即不復或不復是的意思。詩人於光宗（趙惇，1147–1200）紹熙三年（1192 年）六十七歲時所寫的〈禹跡寺南有沈氏小園序〉，其中記述：「禹跡寺南有沈氏小園，四十年前（按：實為三十七年）嘗題小詞壁間，偶復一到，園已三易主，讀之悵然。」此時七年又過，詩人眼中所見的池台景物，比之四十多年前更是面目全非了。「傷心橋下春波綠，曾是驚鴻照影來」兩句，語意緊連，沈園中那座橋和橋下泛綠的春水，勾起了詩人對往事的傷心回憶和聯想。「曾是」，說明是過去的事。那時候，同樣是春波蕩漾，綠波反照著唐琬那輕盈倩影的風采，像曹植（192–232）〈洛神賦〉中「翩若驚鴻」的仙子一樣，飄然而來。現在詩人再看不到那輕盈的倩影了，那池上的空橋，自然令詩人傷心了。

第二首詩寫詩人對愛情的堅貞不渝，從過去又想到現在。首句「夢斷香消四十年」，寫唐琬離世已四十多年和詩人對她的思念。「夢斷」，是感慨思念之苦；「香消」，是比喻愛人之死；「四十」乃取其整數。「沈園柳老不吹綿」，沈園裏的柳樹都已經衰老了，雖然是春天，已沒有柳絮飛起的現象。棉，指柳絮，春天柳樹的種子借助表面上的白色絨毛，到處飛舞。詩人從柳樹的衰老，自然也想到自己的衰老。「此身行作稽山土」，是對「柳老」含意的進一步說明，句意是：我很快將化作會稽山上的一抔黃土，即很快去世了。「猶弔遺蹤一泫然」，猶弔，即仍弔，說明儘管自己將不久於人世，但對唐氏眷念之情卻永不泯滅；遺蹤，即沈園舊地。泫然，即傷心落淚。這句是說，我已經快要入土了，今天仍然忘不了舊情，來這裏憑弔一下舊地，不禁使我悲傷難忍潸然淚下。

陸游被譽為「愛國詩人」，詩歌大多展現雄渾奔放風格。由於他一生鍾情於唐琬，也寫下頗多深婉纏綿的愛情名篇，以上兩首詩以景抒情，情景融合，第一首詩中，詩人通過園景和周圍景色的描寫表達他對唐琬的懷念和自己的哀傷；第二首描寫柳老不吹綿，而寄託自己衰老的心情，流露深沉哀婉之思。而回憶唐琬的美態，恰當地運用曹植〈洛神賦〉「翩若驚鴻」的典故，使詩境的營造顯得更美，亦取得含蓄蘊藉的效果。而最需留意的，兩首詩的落句精彩，第一首「曾是驚鴻照影來」和第二首「猶弔遺蹤一泫然」，令讀者回味無窮。當然，如果沒有前三句的鋪墊和蓄勢，也未能突出第四句的效果。所以在詩歌的創作上，是值得借鑒的。

關漢卿〈四塊玉 · 閒適〉的悲憤

黃霑（1941–2004）是流行歌填詞的高手，大家都公認他填的歌詞有水準。我在香港大學研究時，曾聽過同學轉述，黃霑自詡他讀過元曲之多，不遜於任何人，亦因如此，填詞時才得心應手。

談到元曲，自然想到「元曲四大家」關漢卿（生卒年不詳）、馬致遠（1255–1321）、白樸（1226–1306）、鄭光祖（1264–？）。本文介紹關漢卿的一首曲〈四塊玉 · 閒適〉。

關漢卿約生於元太宗（孛兒只斤 · 窩闊台，1186–1241）的時代（1229–1241），卒於元成宗（孛兒只斤 · 鐵穆耳，1265–1307）大德年間（1297–1307），是元代的大作家。他一生主要從事戲劇創作活動，是當時民間雜劇創作團體「玉京書會」的領導人，據文獻著錄，他著有雜劇六十多種，今存者十八種。他還經常出入於勾欄瓦肆（當時的演劇場），粉墨登場，被公認為「梨園領袖」。他的散曲作品現存小令五十六首，套數十三套，題材豐富多樣，王國維（1877–1927）《宋元戲曲史》評說：「關漢卿一空依傍，自鑄偉詞，而其言曲盡人情，字字本色，故當為元人第一。」

〈四塊玉〉，屬南呂宮（古代戲曲音樂名詞，宮調之一）常用曲牌。關漢卿的〈四塊玉 · 閒適〉是一組小令，共四首，從展示閒適生活的表象，到表達所以追求閒適的胸懷，層層剖白，吐露自己蔑視名利、擺脫世俗的志趣。其中第四首曲詞如下：

四塊玉・閒適

粵語音頻

普通話音頻

南畝耕，東山臥。世態人情經歷多。閒將往事思量過，賢的是他，愚的是我，爭甚麼？

題目叫「閒適」，但實際是以「反語見意」的寫法，表示對當時醜惡現實的憤慨。中國古代讀書人的處世態度，基本上分為入世和出世兩種。得志，與民由之；不得志，獨善其身。在元朝蒙古人統治下，不單有蒙古人、色目人、漢人、南人的嚴格分野，漢民族飽受歧視，而且在「馬上得天下，馬上治天下」的政治氛圍中，讀書人被賤視。今天我們讀中國文學史，接觸到的元代文人，大多都事蹟不詳，原因正在於此。政治上不容有所作為，只好隱居起來，遠離禍端。

這首曲，作者運用夾敘夾議的方法，通過耕種隱居的生活，寄寓內心對現實的不滿。首兩句「南畝耕，東山臥」，寫歸隱後的田園生活。「南畝耕」，泛指在田野中耕種。《詩經・小雅・甫田》:「今適南畝，或耕或耔。」東晉陶淵明（365–427）歸隱田園，寫了幾首〈歸園田居〉詩，其中有「開荒南野際，守拙歸園田」，就是化用《詩經》的句子。作者在這裏是借陶淵明的歸隱而寫自己的歸隱，然而東漢末年，天下大亂，諸葛亮（181–234）以奇才在南陽躬耕於壟畝之間，作者這裏也可能以諸葛亮自比；「東山臥」，是用東晉謝安（320–385）的典故。謝安亦以奇才，曾隱居會稽東山（今浙江上虞西南），優遊林下，後來又入朝做官，後人常用「東山高臥」比喻高潔之士離俗隱居，這裏借用謝安的行事以自比，形容自己的閒居生活。

究竟作者的閒適生活具體情況怎樣，這首曲沒有指出。但在前三首已有充分描述：

> 第一首：「適意行，安心坐，渴時飲，饑時餐，醉時歌，困來時就向莎茵臥。日月長，天地闊，閒快活！」
>
> 第二首：「舊酒投，新醅潑，老瓦盆邊笑呵呵，共山僧野叟閑吟和。他出一對雞，我出一個鵝，閒快活！」悲憤
>
> 第三首：「意馬收，心猿鎖，跳出紅塵惡風波，槐陰午夢誰驚破？離了利名場，鑽入安樂窩，閒快活！」

三首曲都以「閒快活」作結，非常清楚寫出作者的生活。然而他是心甘情願過這種生活嗎？如果不是「惡風波」，他是不會「跳出紅塵」的。

返回第四首的第三句「世態人情經歷多」，寫歸隱山林的原因。作者的歸隱，是因為看透，也看破了世態人情；著一「多」字，流露對世態炎涼，人情冷暖的厭惡和反感。

接下來第四句「閒將往事思量過」，對前事作一總結，「思量」二字，承上啟下。作者思量所得，竟是：「賢的是他，愚的是我，爭甚麼？」當日是非不分，黑白顛倒，有權勢的人可以為非作歹，甚至將為所欲為的醜行自我標榜，說是「賢明正義」，而像作者那樣正直、善良、充滿才華的人卻鬱鬱不得志。全曲以「爭什麼」作結，正言反說，揭示當日賢愚不分的現實，意蘊深長，讓人深思。前人評論作曲的結語，所謂「曲尾」，又稱「豹尾」，必須響亮，要含有餘不盡之意。這句「爭甚麼」，便真能達到這樣的效果。

這首曲語言淺白，看似信手拈來，毫不經意。但細細品

味，曲詞中我們既看到作者疏放、曠達的胸襟，又聽到他憤世嫉俗的呼叫。由此，我們就會體察到作者表面是吟唱閒適的樂趣，實際上他的內心很不平靜，並不閒適。曲子的字裏行間，掩飾不住作者的悲憤，他經歷過太多的世態人情，思量過太多的不平往事，自己真正想做的，始終都不能如願，乃不得不以閒適的態度自我消解和慰藉。

關漢卿《竇娥冤 · 法場》的靈異與哀怨

上篇介紹關漢卿（元人，生卒年不詳）的散曲〈四塊玉・閒適〉，本篇再推介關漢卿所著《竇娥冤》雜劇的第三折〈法場〉中的四支曲。《竇娥冤》敘說楚州秀才竇天章為了抵債和籌得進京應舉的盤川，忍將七歲女兒端雲抵押給蔡婆作童養媳。端雲到蔡家，改名竇娥，十年後成婚，婚後不到二年丈夫病逝。地痞張驢兒父子企圖霸佔婆媳二人，受到竇娥堅決抗拒。張驢兒串通賽盧醫，想毒死蔡婆，逼竇娥就範，不料反毒死自己父親。縣官受賄對竇娥嚴刑逼供，竇娥不肯屈服，忍受酷刑，據理力爭。縣官乂拷打蔡婆，竇娥見婆婆年老受刑不住，遂屈招罪狀，被判斬刑。臨刑時，竇娥指天立誓，發下三樁誓願，以證明一己之冤，結果逐一應驗。三年後，竇天章任提刑肅政廉訪使來到楚州，覆查此案，竇娥冤案始得昭雪。

下面四支曲，就是竇娥臨刑所發的三樁誓願。

【耍孩兒】不是我竇娥罰下這等無頭願，委實的冤情不淺；若沒些兒靈聖與世人傳，也不見得湛湛青天。我不要半星熱血紅塵灑，都只在八尺旗鎗素練懸。等他

粵語音頻

普通話音頻

竇娥冤・法場

四下裏皆瞧見，這就是咱萇弘化碧，望帝啼鵑。

【二煞】你道是暑氣暄，不是那下雪天；豈不聞飛霜六月因鄒衍？若果有一腔怨氣噴如火，定要感的六出冰花滾似綿，免著我屍骸現。要甚麼素車白馬，斷送出古陌荒阡！

【一煞】你道是天公不可期，人心不可憐，不知皇天也肯從人願。 做甚麼三年不見甘霖降，也只為東海曾經孝婦冤；如今輪到你山陽縣。這都是官吏每無心正法，使百姓有口難言。

【煞尾】浮雲為我陰，悲風為我旋，三樁兒誓願明題徧。那其間纔把你箇屈死的冤魂這竇娥顯。

第一支曲【耍孩兒】。在曲詞前有一段賓白科介（說白與動作），先已將第一樁誓願內容說得明白，唱段首四句反映出一個信念簡單的含冤女子的最後依傍，說的「些兒靈聖」令聽者對「靈聖」，即是奇跡的具體內容充滿期待，而「靈聖」的出現，源於「湛湛青天」。這裏的「青天」，不是大自然的天空，而是指最高的主宰「人格天」，「湛湛」，讀作「沉沉」，深藏而厚的意思。竇娥許願被斬首後身體的血液不濺在地，而是全飛到八尺旗鎗所懸的白練之上。竇娥的誓願說得具震撼力，先是濺血問題，刑犯人頭墜地，血濺塵土是必然的，如今要「半星」也不落紅塵，都飛到懸在旗鎗的白練之上。竇娥的目的是希望所有圍觀的人都看到和知道她是清白無辜的。「萇弘化碧」和「望帝啼鵑」兩個典故直接和間接都和「血」有關，前者指周朝大夫萇弘無罪被殺，他的血過了三年，化為碧玉；後者指周代末年杜宇（號曰望帝）化為杜鵑鳥，叫聲淒厲哀怨，自然想到杜鵑啼血的傳聞了。兩者連繫起竇娥的「血」，所產生的具大迫力，直壓讀者心頭。

第二支曲【二煞】。唱詞之前也有一段竇娥與劊子的賓白科介，交代第二樁誓願內容，監斬官對竇娥要「三伏天」(年中最熱日子）下雪表示絕不可能。唱詞首二句是回應監斬官的，並引出鄒衍的故事。戰國時鄒衍蒙冤下獄，仰天而哭，時值盛夏，而天卻下起霜來。接下來，對於炎夏降雪，竇娥唱詞在表達上用了強烈的矛盾對比法，當中以灼熱的「如火怨氣」對比「六出冰花」，藝術形象十分突出，且於冰雪的描述是「滾似綿」，竟又是用作覆蓋掩埋屍骸，令人動容。最後二句收結，表明以六月雪葬送，正合冤死的葬儀，傳統以「素車白馬」送出「古陌荒阡」的悲況，反顯得不相稱。而且，「雪」是潔白之物，象徵純潔，以此葬送，正好象徵竇娥純潔與無辜的冤屈。

第三支曲【一煞】。作者在曲前寫有竇娥與監斬官的賓白，竇娥說自己委實冤枉，從今以後，這楚州亢旱三年。監斬官回應「那有這等說話」。唱詞開首三句，是回答監斬官的，竇娥相信「皇天也肯從人願」，然後點出流傳東海孝婦周青蒙冤而死，死後地方亢旱三年的故事，並將目標指向山陽縣。末二句以最明白的語言控訴官吏貪暴的黑暗，表達千千萬萬被壓迫者的共同呼聲。

最後一支曲【煞尾】。唱曲前一段之賓白科介，顯示風雲已開始變色，劊子手說：「好冷風也！」竇娥唱出「浮雲為我陰，悲風為我旋，三樁兒誓願明題徧。」餘下是對唯一親人婆婆說的曲中插白：「婆婆也，直等待雪飛六月，亢旱三年呵」，再唱「那其間纔把你箇屈死的冤魂這竇娥顯」，是對自己含冤屈死，但仍必獲上天憫憐之信念的再肯定，是垂死掙扎而「獲勝」的信念，但也是整段哭訴的餘哀。

四支曲每段唱詞的感情和調子都有層次上的變化，第一支至第三支曲在感情變化上有所遞增，怨氣一層比一層深，誓詞內容也一個比一個規模大和靈異，先是個人身上的血，接著是覆天蓋地的天氣異常變化，跟著是為時三年，影響整個縣的亢旱。最後一支曲，調子漸趨沉吟哀怨，將竇娥在人間的可憐無助，再次突顯，令人唏噓嘆息。

數字入詩談鄭板橋〈詠雪〉的「奇」

詩人以數字入詩，早見於《詩經》，如「其實七兮……其實三兮」（《召南．摽有梅》）、「一日不見，如三月兮……一日不見，如三秋兮……一日不見，如三歲兮」（《王風．采葛》）、「千祿百福，子孫千億」（《大雅．假樂》）等，或以增強節奏韻律之美，或以提高修辭的感染果效。

歷代文人有意識地將數字寫入詩中而傳誦的不多。宋代邵雍（1012-1077）〈山村詠懷〉：「一去二三里，煙村四五家。亭台六七座，八九十枝花。」短短四句，依次嵌入了「一」到「十」的數字，寫出對大自然的喜愛。明代吳承恩（1506-1582）《西遊記》第三十六回有一首七律，卻把「十」到「一」倒序嵌入詩中：「十里長城無客走，九重天上現星辰。八河船隻皆收港，七千州縣盡關門。六宮五府回官宰，四海三江罷釣綸。兩座樓頭鐘鼓響，一輪明月滿乾坤。」詩寫夜幕低垂的情景，頗見匠心。又倫文敍（1467-1513）據傳依蘇軾（1037-1101）的畫〈百鳥歸巢圖〉題詩：「天生一隻又一隻，三四五六七八隻；鳳凰何少鳥何多？啄盡人間千萬石。」此詩寓有諷刺之意，而不見於倫氏文集，可能是後世傳奇者之作。

2021 年教育局課程發展處頒布文言指定建議篇章，其中鄭燮（1693-1765）〈詠雪〉入選。此詩有傳是明代徐渭（1521-1593）所作，有傳是清代沈德潛（1673-1769）所寫。

鄭燮，號板橋。他的詩真率自然，多反映人民疾苦，抒寫

詠雪

粵語音頻

普通話音頻

落拓不羈的情懷，特別是許多題畫詩，往往扣題立論，或借題發揮，富有濃厚深刻的哲理趣味，耐人咀嚼，令人深思。有《板橋全集》傳世。據說他初到揚州時非常窮困，有一天他冒雪外出，路上遇見一群讀書人在吟詩。他們見鄭燮衣衫襤褸，以為他不懂作詩，便故意刁難。結果鄭吟出這首詩：

一片兩片三四片，五六七八九十片。千片萬片無數片，飛入梅花都不見。

這詩的特點，可歸納為一「奇」字。詩題叫〈詠雪〉，但整篇都沒有出現一「雪」字，這是立意之奇。詩的前三句只是數着眼前千萬雪花飄下的情景，實在簡單而平淺，但到了最後一句，筆鋒轉寫「梅花」，把前面的千萬雪片一掃而空，這是佈局之奇。四句詩句句押韻，可是前三個韻腳都是「片」字，但讀起來又不覺韻腳重覆，這是用韻之奇。再者，全詩無一艱深字詞，而首三句幾乎全用數字組成，從一至十至千至萬至無數，但絲毫沒有累贅之感，這是用字之奇。有此立意、布局、用韻、用字的四奇，透發出白雪的白，梅花的傲，而詩人的形象寓焉，也就難怪那群讀書人聽罷，都嘖嘖稱奇了。

乾隆皇帝（愛新覺羅弘歷，1711–1799）也有類似的作品：

一片兩片三四片，五片六片七八片。九片十片十一片，飛入他蘆花都不見。

這與鄭燮是否不謀而合抑或將鄭詩稍改而成？不得而知。

筆者也有仿作二首作教學之用，其一為〈對酒〉：「一杯兩杯三四杯，五六七八九十杯。千杯萬杯無數杯，醉飲沙場有幾回？」其二為〈詠豬〉：「一隻兩隻三四隻，五六七八九十隻。千隻萬隻無數隻，送入豪門口中吃。」二首詩形式從鄭詩來，前者意念上借用王翰（687–726）〈涼州詞〉「葡萄美酒夜光杯，欲飲琵琶馬上催。醉臥沙場君莫笑，古來征戰幾人回」的詩意，後者發抒杜甫（712–770）〈自京赴奉先詠懷五百字〉「朱門酒肉臭，路有凍死骨」的感慨。

然而鄭詩在前，在文學藝術上「不可無一，不可有二」的定律下，以後的類似作品，文學的價值自然不可同日而語了。

讀龔自珍《己亥雜詩》二首

龔自珍（1792–1841），字璱人，號定盦。浙江仁和（今杭州市）人。清代中後期著名思想家、文學家和詩人。自幼受到外祖父段玉裁（1735–1815）的教導，「以經說字，以字說經」，奠定厚實的樸學基礎。道光元年（1821），開始入仕，為內閣中書。其間獲《公羊》學大師劉逢祿（1776–1829）指導，學問益進。道光九年（1829），參加第六次會試，始中進士，時年三十八歲。龔氏在京二十年間，困厄下僚。道光十九年（1839），四十八歲時，憤然棄官南歸。五十歲時迫於生計，出任丹陽雲陽書院及杭州紫陽書院講席；這年秋天，他寫信給駐防上海的江蘇巡撫梁章鉅（1775–1849），要求參加對抗英國侵略的行動，可惜在數日後，暴死丹陽。

龔自珍面對嘉慶、道光年間社會危機日益深重，於是棄絕考據訓詁之學，一意講求經世之務，志存改革。其思想為後來康有為等人倡公羊之學以變法圖強開了先聲。

龔自珍的詩，以其先進思想，為近代別開生面，其詩想象豐富，語言瑰麗，既有變化多端、譎怪詭異的色彩，也有真率自然，清新淡宕的風致；既有浩蕩磅礴、力挾風雷的氣勢，也有哀感頑艷、蕩氣回腸的情韻。

《己亥雜詩》作於道光十九年（1839）。這年的四月，龔自珍自北京辭官南歸，這一組詩，全用七言絕句體裁，反映出龔氏異常廣闊的生活面，和複雜的思想情感，既透視當時的社會

粵語音頻

普通話音頻

面貌，也是了解龔氏生平和思想的重要材料。這裏介紹其中第五首和和第一百二十五首。

第五首寫辭官出都，但壯心未已。詩曰：

> 浩蕩離愁白日斜，吟鞭東指即天涯。落紅不是無情物，化作春泥更護花。

詩人出任京官二十年，力主改革，抨擊時政，因才高性傲，「口不擇言，動與世迕」，難免忤其長官、觸怒群公。在現實的冷遇和頑固派的排擠下，最終憤然辭官。道光十九年（1839）四月二十三日的傍晚，詩人不攜眷屬隨從，獨雇兩車，一車自載，一車載文集百卷。在離京的路途上，詩人回想仕途蹭蹬，歲月蹉跎，那種失落和孤獨感，自然湧上心頭。感念到從此遠別朝廷及京中同年、摯友，可能再會無期，詩人產生的，不是一般的離愁別緒，而是不能自已的「浩蕩離愁」。加上西斜的「白日」，給蒼茫的大地籠上一層淒清的色調，令人更覺孤苦難耐。

詩人駕著馬車趕路，他揮動馬鞭，向東一指，遠遠的廣渠門外，便是天涯海角了。唐代劉禹錫（772–842）《和令狐相公別牡丹》詩云：「莫道兩京非遠別，春明門外即天涯。」那種天涯路遠的感覺，已非客觀的空間距離，而受主觀的落寞影響。作為銳意改革的思想家，情緒可低落於一時，理想和抱負卻始終不變。就在那花事已過，眾芳搖落之際，地上的落花，使詩人興起激情：「落紅不是無情物，化作春泥更護花。」落花，在詩人眼中，不是生命的終結，而是推動新生命的力量。這兩句詩，體現詩人對理想的固執，更是和淚立誓：雖然要離開最有可能實現改革理想的京城，但絕不甘於沉淪，願以他種方式，繼續為國家民族，作出不懈的努力。

簡短的四句詩，首句情以景托，次句即事抒情，三、四句更融情入理，表現積極進取的基督擔荷精神，論者許為第一流作品，實不過譽。

第一百二十五首詩人自注云：「過鎮江，見賽玉皇及風神、雷神者，禱詞萬數，道士乞撰青詞。」青詞，就是道教寫在青籐紙上向神靈禱告的詞；詩人借著寫青詞的機會，將鬱積於胸的憤慨，噴薄而出，道出他渴望風雷，熱愛人才，要求變革的強烈願望。詩曰：

> 九州生氣恃風雷，萬馬齊喑究可哀。我勸天公重抖擻，不拘一格降人材。

詩人先從贊美風神、雷神開始，說出當時那種「萬馬齊喑」、令人窒息的年代，終究是極其可悲的，必須依靠風神、雷神的威勢，才能打破這死氣沉沉的局面。詩人更認為，變革的力量源於人才，於是，發出「我勸天公重抖擻」的呼號，勸諫老天爺重新振作，打破舊有的傳統，「不拘一格降人才」。案詩人的自注，「天公」，是指掌管天庭事務的「玉皇」，但事實上，詩人「能近取譬」，希望朝庭破格起用人材，只有這樣，朝野噤聲的腐朽現實，才有改變的希望。

所以，「其一二五」其實是一首為民族呼號的政治詩，寫來層次分明，寓意深刻，四句二十八字，詩境壯闊而富波瀾，氣勢磅礴而渾厚。反覆吟詠，實有百年同一慨之感。

花花世界

近日東遊日本，走進東京著名的 teamLab 博物館，置身於最具特色的展廳：「懸浮花園——花朵與我同根同源，花園與我合為一體」。那裏讓人們在花朵中沉浸，人與花相融為一體。整個花園的空間由鏡子和玻璃構建而成，空中掛懸著密密麻麻的蘭花，地面反射著數不清的植物，前後左右皆被花所包圍，分不清哪裏是花，哪裏是人，恍惚自己也變成花海中的一份子。一時間，引發我對花的無限聯想。試從文學、情感、理學三個範疇中整理出一些關於花的名句，以一窺花花世界的意趣。

一、文學的花花世界

花是文學中常見的題材，《詩經．周南．桃夭》以「桃之夭夭，灼灼其華」比喻美貌和青春。一想到最密集出現「花」字的作品，首選李清照（1084-1155）的〈殘花〉，試看原文：

> 花開花落花無悔，緣來緣去緣如水。花謝為花開，花飛為花悲。花悲為花淚，花淚為花碎。花舞花落淚，花哭花瓣飛。花開為誰謝，花謝為誰悲。

這是一首借物抒懷的詩，全詩共五十四個字，重複了十七次「花」字，乍看文字似「偷懶」，內容卻能直擊讀者的心靈。花的一生，就像詩人一生的寫照，由「誤入藕花深處」(〈如夢令·常記溪亭日暮〉) 的天真，到「卻道海棠依舊」(〈如夢令·昨夜雨疏風驟〉) 的憐惜，再到「滿地黃花堆積」(〈聲聲慢·尋尋覓覓〉) 的憔悴，最後到「花開為誰謝，花謝為誰悲」的哀傷。詩人內心的悲苦淒涼，都借「花」來抒發。

「花開、花謝、花悲、花哭」，人生如花，卻難抵落花流水無情。人的一生也如花一般，相見、離別、緣來緣去。與其歎息於「無可奈何花落去」的傷感，不如感恩於「似曾相識燕歸來」(晏殊〔991–1055〕〈浣溪沙·一曲新詞酒一杯〉) 的欣喜。

二、情感的花花世界

花開花謝最易惹人情思，在個人的情懷之外，「花」也會令人產生感時傷國的慨嘆。且看杜甫 (712–770) 的〈春望〉:

> 國破山河在，城春草木深。感時花濺淚，恨別鳥驚心。
> 烽火連三月，家書抵萬金。白頭搔更短，渾欲不勝簪。

戰爭導至國破家亡，花也淚眼。這分明是詩人眼中有淚，才看到花亦濺淚。這種移情作用，最為高明。歐陽修 (1007–1072) 也可能從「花濺淚」獲得為靈感，寫出了「淚眼問花花不語，亂紅飛過鞦韆去」(〈蝶戀花〉) 的名句。至於杜甫〈登樓〉的「花近高樓傷客心」)，則是以繁花似錦襯托出萬方多難的悲苦。往前李白 (701–762) 的「花間一壺酒，獨酌無相親」(〈月下獨酌〉，是以樂景襯悲情的寂寞；往後辛棄疾 (1140–1207) 的「東風夜放花千樹」(〈青玉案·元夕〉)，是以元宵節的繁華反襯那人的孤高。

三、理學的花花世界

花不但可表個人的情懷、家國的感嘆，也可以是哲學的思辨。且看明代哲學家王陽明 (1472–1529) 關於花的名句：

> 你未看此花時，此花與汝心同歸於寂；你來看此花時，則此花顏色一時明白起來。(《傳習錄》)

這是王陽明和朋友一起到南鎮遊玩時，朋友見到山崖內的一株花樹，問他：「你說天下無心外之物，眼前這棵花，在山間自開自落，難道你的心可以控制它嗎？」王陽明就說了以上的話。大意是：花開花落本屬自然，可是能否動搖我們的，卻是由我們的內心所決定。當我們看到這朵花時，這朵花已經走進了我們的意識，所以對我們而言，此花已經存在了；當我們沒有看見此花時，此花便存在我們的意識之外，是我們不知道的，即不存在了。簡而言之，就是意識決定了存在。

萬物皆源於內心，世界的存在、發展、變化都是內心想像的結果。所以，你看到的，皆是你內心的投射。正如宋朝無門慧開禪師 (1183–1260) 所寫的禪詩所云：

> 春有百花秋有月，夏有涼風東有雪，若無閒事掛心頭，便是人間好時節。

一年四季各有美好的景緻，如何感受四時變化，端乎於個人內心的意識，你心中有陽光，哪裏都是開朗明媚的，你內心晦暗一片，怎樣都是暗淡無光的。同樣寫花開花落，李清照筆下的〈殘花〉是衰颯的，而龔自珍 (1792–1841) 的「落紅不是無情物，化作春泥更護花」(《己亥雜詩．其五》) 則是積極進取的。

花花世界，既是大自然的美景，也是文學的、感情的、哲學的。春花秋月，有人視而不見；有人見了，如在夢中。只有真性情，真心靈的人，才體會得出僧肇（384-414）「天地與我同根，萬物與我一體」的深意，才見得到鮮花之美，明月之美，領悟人和萬物存在的真實涵義。

蜘蛛在詩歌中的意趣

蜘蛛，又名鼅鼄，其狀貌與生態，是大自然中的一景。這既是生物的，也是文學的；是直觀的，也是感觀的；是具象的，也是意象的。其自顧自地吐絲結網，在中國文人的筆下，被編織出一張綿長而細密的詩歌之網，洋洋而成蜘蛛的文化大觀，讓這不起眼的小蟲蔚然而變為客、為主、為英雄，確實體現了人們無限的想象和創意。爬梳其中，意趣盎然。

本文由《詩經》賦、比、興三種寫作手法入手，縷述古典文學中的蜘蛛世界：

一、賦

《詩經》中僅一首詩提到蜘蛛，《豳風．東山》云：

> 我徂東山，慆慆不歸。我來自東，零雨其濛。果臝之實，亦施于宇。伊威在室，蠨蛸在戶。町畽鹿場，熠耀宵行。不可畏也？伊可懷也。

本詩敘述征人東征後歸家途中想像家園一片荒涼：屋內潮濕生滿白粉蟲（伊威），小蜘蛛（蠨蛸）在門窗結網，屋旁空地成野鹿棲息之處，晚間磷火閃閃），益增懷鄉之情。

同樣的，曹丕的遺句：「蜘蛛網戶牖。野草當階生。」(《文選》卷二十九〈雜詩〉註引）也直述了蜘蛛在窗邊結網的過程。

及至南北朝，出現了一首很出名的詩——薛道衡（540-609）〈昔昔鹽〉：

> 垂柳覆金堤，蘼蕪葉復齊。水溢芙蓉沼，花飛桃李蹊。
> 採桑秦氏女，織錦竇家妻。關山別蕩子，風月守空閨。
> 恆斂千金笑，長垂雙玉啼。盤龍隨鏡隱，綵鳳逐帷低。
> 飛魂同夜鵲，倦寢憶晨雞。暗牖懸蛛網，空梁落燕泥。
> 前年過代北，今歲往遼西。一去無消息，那能惜馬蹄。

這是一首閨怨詩。其中「暗牖懸蛛網，空梁落燕泥」曾傳誦一時。牖暗，樑空，蛛網懸掛，燕泥落下，對偶工整，形象確切，將門庭冷落的情形以及思婦極端淒涼悲苦的心情表現無遺。傳說在大業五年（609），薛道衡將要被處死時，隋煬帝（楊廣，569-618）問他：你還能寫「空梁落燕泥」這樣的詩句嗎？

蜘蛛結網到了唐宋年間，變成了繾綣床上，或百無聊賴時一線生機，如：

> 白居易（772-846）〈東南行一百韻寄通州元九侍御澧州李十一〉：「書床鳴蟋蟀，琴匣網蜘蛛。」
>
> 來鵬（？-883）〈新安官舍閑坐〉：「不知獨坐閑多少，看得蜘蛛結網成。」
>
> 徐夤（849-938）〈蝴蝶三首其一〉：「天風相送輕飄去，却笑蜘蛛謾織羅。」
>
> 王安石（1021-1086）〈省中二首其一〉：「移床獨卧秋風裏，靜看蜘蛛結網絲。」
>
> 張耒（1054-1114）〈病起登疊嶂樓〉：「病來久不上層臺，窗有蜘蛛逕有苔。」

范成大（1126-1193）〈四時田園雜興六十首其四十〉：「靜看簷蛛結網低，無端妨礙小蟲飛。」

可見，由《詩經》以來，不少詩人記敘了蜘蛛結網一事。在靜態的環境中敘寫動態的編織活動，這樣的反差帶來了畫面的生動之感，蜘蛛無聲無息，不聞不問，只管在角落中默默勞作，更顯出空間的淒清、歲月的滄桑、人心的孤寂。

二、比興

正因為蜘蛛具備這種心無旁騖的特徵，引發出很多相關的比喻和聯想，如：

李處權（？-1155）〈次韵德基其二〉「書生長年營口腹，頗似蜘蛛空吐絲」，以蜘蛛空吐絲喻書生的艱難維生；

林椿（南宋人，生卒年不談）〈將歸紺嶽讀書寄朴東俊〉「譬如蜘蛛絲，物觸輒已掛」，以蜘蛛絲喻人的思慮過多。

吐絲結網除了可以借物喻意，還引發了詩人關於七夕的聯想。由蜘蛛的織網想到巧手的織女，由織女想到牛郎，再衍生出七夕的浪漫詩語：

屈大均（1630-1696）〈七夕詞 其二〉「未教烏鵲迎仙珮，先遣蜘蛛送巧絲」，是仙境重逢的期待；

沈德潛（1673-1769）〈七夕詞〉「漫喜蜘蛛與巧絲，還憐烏鵲通靈匹」，是鵲橋相會的喜悅。

蜘蛛結網過程可以直寫，身體動作可以比喻，其精神更可以讓詩人託物言志：

劉禹錫（772-842）〈罷郡歸洛陽寄友人〉「不見蜘蛛集，頻為佝僂欺」，從蜘蛛的形狀聯想被脊背向前彎曲者欺負。

楊萬里（1127-1206）〈蛛網〉「卻是蜘蛛遭積雨，經綸家計趁新晴」，由蛛網而聯想經綸家計；

袁枚（1716-1797）〈一笑〉「底事蜘蛛張網密，只羅粉蝶不羅蜂」，由蜘蛛的捕食而惱社會之不公平。

以上說明詩人通過或賦或比或興的手法，將對蜘蛛的情貌曲寫毫芥的呈現出來。最近美國奧斯卡最佳動畫電影〈蜘蛛俠：跳入蜘蛛宇宙〉最新一章〈蜘蛛俠：飛躍蜘蛛宇宙〉大賣熱演，蜘蛛俠的英雄事跡風靡一時，可見，中國之外，蜘蛛也是世界的文創產業，為人們帶來無窮的趣味。

中華文化有意思
Charming Chinese Culture

書　　名　情契文心——古詩文經典研讀

作　　者　招祥麒

項目策劃　周　晟

責任編輯　徐　平　方浩權

設　　計　楊玉芬

出　　版　聯合電子出版有限公司
香港長沙灣永康街 77 號環薈中心 1011 室
電話 2597 8415
傳真 2529 8388
電郵 info@suep.com

發　　行　香港聯合書刊物流有限公司
香港新界荃灣德士古道 220-248 號荃灣工業中心 16 樓
電話 2150 2100
傳真 2407 3062
電郵 info@suplogistics.com.hk

印　　刷　北京建宏印刷有限公司
中國北京市順義區後沙峪鎮吉祥工業區吉安路 2 號

版　　次　2024 年 7 月繁體中文第 1 版

定　　價　港幣 88 元

國際書號　ISBN 978-988-8793-19-8